こぬか雨

三宅麗子
Miyake
Reiko

中央公論事業出版

もくじ

ねえ、パパ

「ねえ、パパ」

と、妻の早苗が言った。日曜の朝のことだ。

同意を求める口調だ。が、有二には何のことかさっぱり分からない。早苗の話をまったく聞いていなかった。

時折新聞から目を上げて、聞くふりはしていた。けれど頭の中では別のことを考えていた。

「うむ、そうだな」

有二は声を励まして答えた。

自分ではうまくごまかしたつもりだった。しかし早苗は有二の声に空ろなものを嗅ぎとったようだ。目がすっと三白眼になった。三白眼は早苗の心の中に不穏な動きがあるときの兆しだった。

有二はしまったと思った。が、なぜか早苗の三白眼はすぐに消えた。

「御香典は今回も五万円でいいわよね。少しぐらいのお金をけちって、あれこれ言われるのは嫌だから」

案外機嫌のいい声で言う。有二の上の空は許すことにしたらしい。

有二のほうはそのころになって、ようやく早苗が有二の母の三回忌について話しているらしいと気がついた。

「君に任せるよ。こういうことは君のほうが得意だから」

ほっとして答える。思わず声に機嫌を取るような響きが籠もってしまった。

少しの間を置いて、

「それにしても、日にちの相談ぐらいあってもいいのにねえ」

と、早苗が呟いた。

「そうだな」

有二は少し用心しながら答える。

話が面倒な方向に向かわねばいいが、と心の中で念じる。

有二の母は一昨年、九十三歳で亡くなった。来週三回忌の法要が営まれる。法要は長男である兄が主催する。そのことについて、有二夫婦には何の相談もなかった。いきなり案内状が届いたのだ。けれど早苗とは違い、有二はそれも致し方のないこと、と受けとめていた。

結婚した当初から、有二は日常生活に関することはすべて早苗に任せてきた。もっと正確に言うならば、仕事以外のことはすべて早苗に任せてやってきたのだった。それでお互いに不満はなかった。

有二は今年六十八歳になる。大学を卒業してからずっと勤めた会社を、三年前に定年になった。役員になっていたから、ふつうより定年が遅かった。さらにそのあと小会社の重役になったので、今も現役で働いている。

仕事だけに生きてきた有二には、これといった趣味もない。二人の息子は独立して家を出ている。家の中には有二と早苗しかいない。

有二の今の勤めもせいぜいあと一、二年で終わりになる。毎日家にいるようになったらどうなるのか。有二の心の中には漠然とした不安があった。

有二と早苗が出会ったのは、大手建設会社の研究所だった。有二はそこで将来を嘱望される研究員だった。早苗は高卒の事務員だった。

最初に相手を気に入ったのは有二のほうだった。早苗は小柄で細身だが、目が小さく鼻も低かった。周りの人は誰も美人と言わなかった。しかし笑うと愛敬があった。その笑顔を見たとき、有二はなぜかこの人だと思ってしまったのだった。

有二自身はかなりの長身だった。顔立ちはごくふつうだが、知的で何となく人に素敵な人と思われる雰囲気があった。有二の誘いに早苗は満面の笑みで応じ、二人の交際は始まった。

二人の関係は順調に深まっていった。が、やがて有二の両親に早苗を紹介する段になって、面倒なことになった。

父は何も言わなかったけれど、母が難色を示した。

「どうしてそんな人と結婚したいの。うちのお嫁さん達は二人とも女子大を出た、ちゃんとした家柄のお嬢さんよ。あなただけそんな人と結婚したら、周りとの釣合いが取れないでしょ」

と、言った。

二人のお嫁さんと言うのは、有二の兄と弟の連れあいのことだ。三兄弟の中で有二の結婚が一番遅くなっていた。

学歴に関して言うなら、有二の母自身もその年代としては珍しく、女子大を出ている。教育熱心で、三人の息子全員を有名国立大学に進ませた。そしてそのことを大変誇りにしていた。

母親が言いそうなことを、有二はある程度予想していた。けれど母の反対は、有二の予想を遥かに超えるものだった。

「自分が勉強したことのある人とない人とでは、子供の育て方だって違ってくるのよ。あなたにはそういうことも、ちゃんと受けとめる覚悟があるの」

母は言った。

しかし有二は俯いたまま黙って聞きながした。母に何を言われても、有二には早苗との結婚を諦める気はなかった。母の話を聞きながら有二が気づいたのは、自分の中に潜む母への反撥心だった。それが思ったよりずっと強いのを、今更のように自覚していた。

そう気がついて考えてみると、早苗はいろいろな点で母親と対照的だった。

違うのは学歴だけではなかった。有二の母親は一六〇センチを超す長身だった。顔立ちもくっきりとした美人だ。その上どことなく人に威圧感を与える雰囲気を持っていた。有二も子供のころは母親が恐かった。中学生や高校生のときは、支配されている気がして息苦しかった。

自分が母親に対する当てつけで早苗を選んだとは思わなかった。有二の中には息苦しさと同時に、母に対する敬意も確かにあったからだ。それでも尚、母と早苗の違いに気づくと、自分の中にある無意識の思いの大きさに、目を凝らすような気持になった。

有二は反対されて腹を立てるようなことはなかった。粘りづよく母を説得した。やがてどうにか早苗を家に連れていくまでに漕ぎつけた。

しかし早苗に会った母の評価は、会う前よりさらに悪くなった。

「あの人は教育を受けていないだけでなく、根が賢くありません。気が強いのは悪いことじゃありませんよ。でもね、初めて相手の親に会うのに、気の強さを隠そうともしないのはどうかと思いますよ。反対するならしてみなさいよという挑戦的な気持が、顔中に出ていました。賢くないのと気の強さが重なると、なかなか大変ですよ」

と、母は言った。

確かに早苗は親達の前でほとんど笑顔を見せなかった。腰の低い態度も見せなかった。強張った表情の裏に、反撥心が見えかくれしていた。

「それにね」

と、母は続けた。が、そこで言葉を呑みこんだ。

有二は母の呑みこんだ言葉が、恐らく早苗の容姿に関することだろうと想像した。

少し間を置いたあと、母は別のことを言った。

「あなたは本当に女性を見る目がないのねえ」

溜息混りだった。

有二はその言葉にも腹を立てなかった。子供のころから、女の子より自然や地球や宇宙に対する興味のほうが強かった。中学、高校は私立の男子校に通った。大学での専攻は機械工学だった。周りに女子学生はほとんどいなかった。女性を見る目など養われるはずがなかった。

そのことは自分でもよく分かっていた。

それでも有二は早苗を見たとき、なぜか可愛いと思ったのだ。生まれて初めてのことだった。その気持に正直でいたかった。腹を立てる代りに、有二は、

「済みません」

と、答えた。

どうして謝るのか、自分でも分からなかった。けれど済みませんというのは、母の言葉に対する謝罪ではなかった。母が何を言っても気持を変える気はありません、という表明だった。

有二は早苗しか知らなかったから、他の女性と比べて早苗がどうなのかというようなことを、問うこともなかった。

結婚したとき、二人は互いの役割について特に話しあったりはしなかった。ごく自然におのおの役割を引きうけることになったのだった。

それは有二にとって、大変心地よい状況だった。結婚するとき母親が指摘した、早苗の知性に関することなどは、問題になることもなかった。

しかし、二年後に長男が生まれたとき、有二は初めてとまどうことになった。早苗が子供の名前は占い師に付けてもらうと言いだしたのだ。早苗の友達に、よい占い師を知っている人が

いるという。

「たとえ親だって、いつも子供を守ってやれるとは限らないわ。少しでも運に恵まれるような名前を付けてもらいたいの。そうやってこの子の将来を助けてやるのは、親の務めでしょ」

と、早苗は熱心に言った。

「そうは言ってもねえ。ふつうは親が子の幸せや健康を願って、付けるものだと思うけどねえ」

有二は初めて早苗のやることに異を称えた。科学を専門にして生きている有二には、占い師を信じるような心性はまったくなかった。まして我が子の名前を託すなど、考えることもできなかった。

が、有二の反対に遭ったとたん、早苗の目が三白眼になった。有二が早苗の三白眼を見たのは、このときが初めてだった。有二は驚いた。驚いたというより、戦慄を感じた。

その目には有二の理性などまったく通用しない、得体の知れぬ力が籠もっていた。有二はただ息を呑んだ。

「わたしは自分達で付けるなんて嫌よ。そんな重い責任は負えないわ。わたし達よりいろいろ分かっている専門家に付けてもらうのが、どうしていけないの」

早苗の口調は、何かに取りつかれたようになっていた。その口調と三白眼に、有二はたじたじとなった。そして折れた。

幸いなことに、占い師が付けた名前は善晴という極めて無難なものだった。有二は安堵し、早苗は大満足だった。

とは言え、有二の心の中には少なからぬ違和感が残った。自分の子供の運命を、占い師に託すという感覚が理解できなかった。結婚するとき母親の言った言葉が、現実味を帯びて迫ってきた。けれど慌しい日常の中で、そんな感覚もいつの間にか薄らいでいった。

長男が生まれた二年後に、次男が生まれた。このときも早苗は占い師に名前を付けてもらった。有二はもう何も言わなかった。自分の司るべき範疇と思うことに、早苗は非常に自己主張が強い。それが身に染みて分かっていた。

子供の名前を付けた経緯について、有二は誰にも話さなかった。しかし早苗自身が自慢気に喋ってまわった。早苗は自分の撰択を、大変よいことと信じていた。

有二の母親や親類の耳にも入った。母親は有二に向かっては何も言わなかった。が、何かの席でその話が出ると、微かに眉を顰めた。

母親と早苗の関係は、結婚後も少しもよくならなかった。それでも母親は息子や孫の顔を見たいのか、ときどき有二のマンションを訪ねてきた。そのころ有二のマンションは都内にあって、実家とはそう離れていなかった。母が泊まることはなく、昼過ぎにやってきて、夕方には帰っていく。

けれど早苗は母のそんな短い訪問さえ、露骨に嫌がった。母親にお茶を出すと、買物だの子供の外遊びだのと理由をつけて、マンションを出ていってしまう。いい嫁の振りさえしようとしなかった。

有二は母親に気を遣い、懸命に相手をした。そんな有二を目にしても、母親が早苗の悪口を言うことはなかった。孫達と遊べなかった不満を漏らすこともなかった。有二の顔を見れば、それで目的の大半は果たせたのかもしれない。

しかし帰り際に一言、

「あなたも大変ねえ」

と、言ったりはした。

早苗が戻ってきたとき、有二は思わず、

「たまにしか来ないんだ。もう少し何とかならないのか」

と言ったことがある。

すると早苗の目がたちまち三白眼になった。

「善晴が生まれたとき、お義母さんは何て言ったと思うの。うちはみんな頭のいい家系だから言ったのよ。もし子供のできが悪かったら、わたしのせいと言わんばかりじゃないの。

ええ、そうですよ。うちは頭のいい家系じゃありません。父さんも母さんも高卒です。裕福でもありません。でもね、兄さんはアルバイトをしながら頑張って、ちゃんと大学を出ました。わたしだって、もし」

そこで早苗の唇が細かく震え、わっと泣きだした。

有二はただおろおろするばかりだった。有二の母親は一度も息子達の前で泣いたことなどない。早苗としか付きあったことのない有二は、無論目の前で他の女性に泣かれた経験もない。

気がつくと、

「ごめんな。ぼくが悪かった。もう言わないから泣かないでくれ」

と頻りに謝っていた。

こんなことを重ねるうちに、有二はいつしか日常のことについて、早苗にいっさい逆らわぬようになっていた。

しかしただ三白眼が恐いとか、泣かれるのが嫌だとかいうだけでは、そうはならなかったかもしれない。

そうなったことのもっと大きな理由は、早苗が有二に対して絶大な敬意を抱いていることだった。有二がもっとも価値を置いている仕事というものを、早苗は無条件に尊重していた。

有二が早朝に家を出て深夜に帰宅しても、一言も文句を言わなかった。有二が家事や育児にほとんど関わらなくても、不平不満を漏らすことはなかった。

それだけでなく、早苗は有二が自分の夫であることを、大変誇りにしていた。そのことを隠そうともせず、周囲の人々に話してまわった。

「うちのパパね、研究所勤めなの。何か難しい研究をしてるらしいわ。でもね、わたしは何も聞かないの。聞いたってどうせ分かりっこないもの。パパとわたしとではね、頭のできが全然違うのよ」

「うちのパパね、今度課長になったのよ。同期では一番早かったんですって。それだけ会社から期待されてるってことよね。ほんと、わたしにはもったいないようなパパなの。わたしにできることって言えばね、パパの研究の邪魔をしないってことぐらい」

そういう類のことを、有二の目の前でも平気で人に話す。その度に有二はいたたまれぬような気持になった。けれど、決して不快なわけではなかった。

早苗の態度はごく自然だった。有二を持ちあげて、何か得をしようなどという作意は感じられなかった。結局のところ、自分を文句なしに仰ぎみる妻がいることは、有二にとって大変心地よいことだった。

有二が早苗の自分に対する気持を知る機会は、他にもあった。次男が三輪車から転げおちて、怪我をしたときのことだった。真青になった早苗がまず発した言葉は、

「どうしよう。パパに叱られる」

というものだった。

そのことを有二は早苗からではなく、同じマンションに住む早苗の友人から聞いた。

「お宅の奥様は、本当に御主人を尊敬してらっしゃるのねえ」

と、彼女は付けくわえた。

早苗がとっさに発したという言葉を聞いて、有二は早苗にとっての自分というものを、改めて確認していた。そういうことがあったから、早苗が時に見せる理不尽な行為や主張を、有二は黙って許すことになったのだった。

それに日々の生活の中で、早苗はいつも一所懸命だった。有二の身につけるものすべてに、アイロンを掛けた。会社の食堂で同僚達と昼食を摂るのが嫌だと言えば、毎日弁当を作った。手抜きのいっさいない、きちんとした弁当だった。有二のマンションは居間兼食堂の他に、二部屋しかなかった。そこに親子四人が暮らしていた。それなのに一部屋を有二の書斎に当てることについて、何も文句を言わなかった。

そうした妻としての早苗に、有二は大変満足していた。早苗の性格がどうであるかというようなことを、改めて考えることはなかった。ましてや人の間で妻がどう評価されているかというようなことは、念頭を擦めることさえなかった。

が、二十年ほど前に有二の父親が亡くなったとき、それまで見ずにいたものに直面することになった。

通夜や葬儀の相談をするために、母親と三組の息子夫婦が集まった。そこに葬儀社の社員も加わっていた。喪主は母親だったが、実質的に取りしきるのは長男だった。有二の兄弟達は皆穏やかな性格で、静かな話しあいが続いていた。

母親は憔悴しきっていて、いつもの勢いがなかった。兄や弟の連れあいも場を弁えた、控え目な態度に徹していた。

そんな中で、初めは神妙な態度だった早苗の目が、次第に三白眼になっていった。静かだがどこか張りつめた空気の中で、興奮してしまったらしい。

有二の兄が、

「それじゃ、祭壇はこの形でいいですね」

と、母親に同意を求めたときのことだった。

母親は力なく頷いたが、そこに早苗の声が響いた。

「お義兄さん、それはいけません。お義父さんは社会的にも立派な地位のある方でした。それにちゃんとした息子が三人も揃ってるんですよ。そんなほどほどの祭壇じゃいけません。もっと上等なものにしないと、家の体面に関わります」

確信に満ちた口調というより、何かに取りつかれたような口調だった。座がしんと静まりかえった。親の祭壇をもっと上等にすべきと言われて、息子達は反対しにくい。経済的に困るわけでもない。

兄は驚きを隠しながら、

「そうだなあ」

と穏やかに応じた。

そして祭壇は一段階上等なものに決まった。

その間中、有二はいたたまれぬような気持を味わっていた。けれど早苗の出過ぎた言動はそれだけに止まらなかった。祭壇の脇に飾る花についても、通夜に出す料理についても、強い口調で自説を展開した。

母親も兄弟達も表立っては異を称えなかった。ただ皆が胸の内で、おまえが何とかしろと思っているのを、有二はひしひしと感じていた。感じてはいたが、結局何も言うことができなかった。日頃の早苗を知っているから、言えば事態がさらに悪化するのをよく分かっていた。

ともあれ、父の葬儀は無事に終わった。早苗は多くのことが自分の采配通りに進んだことに、大変満足していた。有二の家族がどう感じているかには、まったく思いが及ばぬようだった。しかし有二はそのことについて、あとからも何も言わなかった。言って何かが変わるとも思われなかった。

早苗の振舞には当然の結果がついてきた。以後母親は有二の家を訪ねてこなくなった。有二が同じ頃に都内のマンションから千葉の一戸建に引越したので、遠くなったというのが表向きの理由だった。兄や弟もよほどのことがない限り、連絡してこなくなった。

仕方なく、有二はときどき自分のほうから母親を訪ねた。子供達を連れていきたかったが、早苗が騒ぐのを恐れて言いだすことができなかった。

葬儀のあとに続いた父の一周忌や三回忌について、母親や兄弟から相談されることはなくなった。すべてが決まったあとで、案内状が届くようになった。母の葬儀や一周忌のときも同様だった。


父の葬儀のときに見た早苗の強烈な一面は、有二の中に多少の変化をもたらした。早苗には自分の行動を客観視したり反省したりする習慣のないことがよく分かった。自分のやっていることはいつも正しいと信じているらしいこともよく分かった。これでは知りあいや隣近所の人々にどう思われているのか、と初めて危惧を覚えた。

けれどそんな微妙なことを、有二の耳に入れる人はいなかった。そして時間の経過とともに、有二の危惧はまた少しずつ薄らぎ、いつしか消えていった。

それに早苗が有二にとって心地よい妻であることに変わりはなかった。有二は相変わらず仕事に没頭し、出世競争に邁進していた。その重大事の前では、早苗の性格や言動などどうでもいいことだった。

ただ息子達の教育については、少し失望を味わうことになった。早苗は有二の母親への反撥もあって、息子達の教育には熱心だった。小学校に入るとすぐに、様々なドリルなどを買いあたえた。

しかし息子達の成績はごく平均的なものだった。早苗は焦り、五年生になると近くの塾に通わせるようになった。が、それでも息子達の成績はよくならなかった。

息子達は嫌がらずに塾に通っていたので、早苗はそれでよいものと思っていた。けれど教室に坐っているだけで、実際には教師の目を盗んで友達と遊んでいたのかもしれない。あるいはどこかで勉強に躓いたのに、どこで躓いたのか自分では分からぬのかもしれない。しかし早苗はそうしたことに目を向けず、ただテストの結果に一喜一憂していた。

かつて母親が早苗について言った言葉を、有二はほろ苦く思いだした。自分なら息子達に勉強を教えてやれるかもしれない、とちらと思った。それでも有二は息子達のために時間を割こうとはしなかった。とにかく忙しかった。働きざかりで、将来研究者として組織のトップに行けるかどうかが決まる時期でもあった。

有二のそんな姿勢を、早苗が非難することはなかった。自分の思うままに仕事をし、有二は同期の先頭をきって部長になった。研究所での責任は重くなった。国内外への出張も増えた。子供のことなど考えている時間は、ますますなくなった。

それに息子達は成績こそ振るわなかったけれど、曲がった道へ行くような様子はなかった。中学校ではそれぞれ野球やサッカーに熱中し、楽しそうに暮らしていた。成績について早苗が叱責しても、聞きながして平気だった。かつて有二が母親から感じた圧迫など、息子達は早苗に対してまったく感じていないようだった。そんな息子達を見ているうちに、有二はいつの間にかこれはこれでいいのかもしれないと思うようになった。

それでも息子達は高校に入ると、少しはまじめに勉強するようになった。二人とも大学に進むことには異存がないようだった。ただ多少の努力で急に成績が上がるはずもなく、父や伯父達のような大学には入れなかった。長男は地方の地味な国立大学に進み、次男は近郊の私立大学に進んだ。

次男の大学合格が決まったとき、早苗は有二の前で、

「パパに申し訳なくて」

と、涙を見せた。

有二は、

「そんなことはないよ。あそこならちゃんと就職もできるだろう。それで充分だ」

と応じた。

心の内に不満がないわけではなかった。しかしそれはさほど大きなものではなかった。出世競争に勝ちぬいて一息つき、そのころには自分の生き方を振りかえる余裕も生まれていた。息子達に自分と同じことをさせたいとは、思わなくなっていた。

「でも、お義母さんは何て言うかしら。きっとわたしに似たからだって言うわよね」

そう呟く早苗の目に、もう涙はなかった。

「そんなことはないよ。きっと合格を喜んでくれるよ」

有二は答えた。

慰めのつもりがなくはなかった。が、そればかりでもなかった。有二の母親は齢を重ねるごとに穏やかになっていた。それに元々意地の悪いところはない人だった。孫の合格に皮肉な目を向けることはない、と有二は思っていた。

それでも早苗は、

「あなたは身内だからそんなことを言うのよ。お義母さんはあの子達を可愛いと思う気持より、わたしを憎いと思う気持のほうが強いわよ」

と、言った。

どちらの気持が強いかなんて、本人にしか分からない。もしかしたら本人にだって分からないかもしれない。早苗の解釈は、取りもなおさず早苗自身の気持の反映だろう、と有二は思った。

そんな思いを口にするつもりはなかった。けれど早苗の口調には妙な力が籠もりはじめていた。早苗の目に白目が目立ってきた。

「どうなんだろうね。そうかもしれないね」

有二は慌てて曖昧な相槌を打った。

そんなことはありはしたが、息子達は無事に大学を卒業した。就職もした。有二が勤めるような大企業ではなかった。しかしすぐにも倒産が懸念されるような零細企業でもなかった。それで充分と有二は考えていた。

「ねえ、パパ」

と、早苗が言った。

早苗は後片づけの済んだ食卓に、頬杖をついている。土曜日の朝のことだった。

有二は居間のソファに坐って、ゴルフクラブを磨いていた。

「うむ」

有二は生返事をした。頭の中ではあしたのゴルフコースのことを考えている。

「お隣の谷口さんからね、きのう旅行のお土産をいただいたのよ」

「そうか」

「ふつうのお饅頭なんだけど、それでもお返しはちゃんとしなくちゃね」

「そうだな」

有二は早苗の言うことをほとんど聞いていない。それらしい返事をしているだけだ。

「何がいいかしらね。スーパーで買ったものだと失礼だし。そうかと言ってわざわざデパートまで買いに行くほどでもないし。ねえ、パパ。ジャスコぐらいでいいわよね」

「そうだな」

「それでね、午後にでもジャスコまで乗せていってくれないかしらと思って」

早苗は車の運転をしない。

ここに至って、有二はやっとクラブを磨く手を止めた。午後はゆっくり本を読みたいと思っていた。読みたい本、読むべき本が机の上に山積みになっている。平日は忙しいから土日にしか読書ができない。

「午後は予定があるんだがなあ。お返しってそんなにすぐにしなくちゃならないものなのか」

いかにも嫌そうな口調になった。

「そうよ。人様に何かいただいたら、すぐにお返しをする。それが世間の常識でしょ」

断固とした口調である。

「そうか」

有二の口調が弱々しくなった。

頭の中には早苗の言葉に対する反論が浮かんでいる。世の中には皆が一斉に従うべき常識などというものはない。人それぞれがよしと思うことを、それぞれが常識と考えているだけだ。

しかしそんなことを口にすることはできない。

有二は何十年にも亘って、日常の些事を早苗に任せてきたのだ。今頃になって反論などできる立場にない。それは自分でもよく承知していた。

「いいよ。送るよ」

有二は声を励まして言った。

早苗は満足そうに頷いた。

「ねえ、パパ」

しばらくして、早苗がまた話しかけてきた。

「お向かいの後藤さんなんだけどね、奥さんが一年ほど前に出ていったらしいのよ。そんなに親しい人はいないから、詳しいことは誰も知らないんだけど」

深刻そうな口調である。

「ふーん」

有二はクラブ磨きに戻りながら、また身の入らぬ返事をした。

後藤さんと言われても、すぐには顔が浮かんでこない。近所との付きあいも、すべて早苗に任せてきた。週日は朝出かけて夜遅く帰るのが、有二の生活だった。土曜日曜はゴルフに出かけるか家にいて読書をする。二十年もこの家に住んでいるのに、近所の人の名前や顔などもろくに知らないのだった。

有二達の家は新興の住宅地にある。周りには同じような規模の同じような造りの建売住宅が並んでいる。有二の地位や収入からすれば質素に見えた。しかしこの家を買ったときには、まだそれほど高収入というわけではなかった。まずまず身の丈に合った家を買ったと言えるのだった。

それでも収入が増えたときに、買いかえるという方法もあった。けれど夫婦の間でそういう話は出たことがない。有二は出世には貪欲だったが、物欲はさほど強くはなかった。早苗は細々した金銭にはきちんとしていたが、家を売買するような才覚はなかった。

もし早苗があちこちで夫の自慢をして歩かなかったら、有二のような経歴の人がこんな質素な家に住んでいるとは、誰も思わなかっただろう。

「それでね」

と、早苗が話を続けた。

「御主人が気落ちして、ずっと家に籠もりきりらしいのよ。仕事はもう何年も前に退いてるし、話し相手もいないし、食事も満足に摂ってないみたいなの。朝からお酒ばっかり呑んでるって噂よ」

「ふーん」

有二は先程よりは親身な返事をした。

「このままでは危ないんじゃないかって、近所の人達が心配してるのよ。孤独死ってことだってあるし、火事を出されたりしたら大変でしょ」

「そうだな」

有二の声が真剣になった。

「それでね、近所の人達と相談して、様子を見がてら交代で食事を届けたらどうかってことになったのよ」

早苗は張りきった声で言う。

「しかし他人の家のことだしねえ」

有二の声が及び腰になった。早苗の話に危なっかしさを感じたのだ。そしてすぐに、

「民生委員にでも相談したほうがいいんじゃないか。何か間違いでもあったら大変だ」

と、続けた。

「間違いって何？」

早苗が尖った声で問いかえしてきた。

「たとえばだね、食事を持っていったときに暴力を振るわれることだって考えられるんじゃないか。相手はいつも酔っぱらっているわけだし。それにね、持っていった食事をすぐに食べずに、何日か経ってから食べることだってありうるだろ。それで食中毒にでもなられたら大変だよ」

「そんなことをいちいち心配していたら、人を助けることなんてできないじゃない」

早苗が呆れたように言う。

「そうだな。でもぼくはやっぱり公的機関に任せたほうがいいと思うよ」

有二はごくふつうのことを言ったつもりだった。

けれど早苗は予想以上の反撥を見せた。

「わたしは違うと思うわ。人が困っているのを見ながら知らんぷりするなんて、人間としてすべきことじゃないわ。わたしはそんな人間じゃない」

こちらを睨む目が三白眼になっていた。

有二は早苗の三白眼にではなく、その言葉に驚いていた。早苗が今まで自分を人間などと表現するのを聞いたことがない。有二自身も早苗をそういう言葉で捉えたことはない。

有二にとって早苗は、あくまでも女であり妻だった。そう思っていたからこそ、早苗のどんな癖も言動も受けいれることができたのだ。

それなのに突然自分を人間などと言いだした。この先退職して毎日家にいるようになったら、女や妻ではなく、人間としての早苗に向きあうことになるのだろうか。

そう思ったとたん、有二の躰に戦慄が走った。

般若

麦子は仕事の帰りに、いつものスーパーに寄った。

買物をする前にトイレに入る。用を済ませ手を洗っているときに、ふと顔を上げた。鏡の中から鬼の形相を浮かべた初老の女が、こちらを睨んでいた。麦子はぎょっとして目を逸らせた。

麦子は誰もが認める美人だった。色が白く、目鼻立ちがくっきりと整っている。その上、背が高くて手足が長かった。

子供のころから美貌を持てはやされて育った。自分が美しいという意識は骨の髄まで染みこんでいる。それを保つ努力は今も惜しまない。食生活に気をつけ、決して太らないようにしていた。

身につける物にも気を配る。毎日色やデザインを吟味し、納得した物しか身につけない。

きょう着ているのは濃緑のタートルネックセーターに、グレイの細身のスラックスだった。

その上に濃緑のチェックの薄手コートを羽織っている。コートの衿は少し立てている。どう見てもパートの主婦には見えなかった。

しかしそんな服装や美貌など吹きとばすように、鏡の中の女は鬼の形相を浮かべていた。その形相は五十八歳という年齢ゆえに、よりいっそうの凄みを帯びていた。

目を逸らした麦子は、その場を離れるまでもう自分の顔を見ようとしなかった。そそくさとトイレを出ながら、自分はいつもあんな顔をしているのだろうか、と自らに問う。普段意識して鏡を見るときは、それなりの表情を作っている。今まで自分のあんな顔を見たことはない。

今見た顔を思いだすと、ショックで涙が零れそうだった。

麦子の夫は十歳年上だった。三年前に退職して、今は家でぶらぶらしている。夫が勤めていたのは中堅の鉄鋼会社で、給料は悪くなかった。が、貰える年金は思ったより少なかった。子供達は独立しているけれど、夫婦二人の暮らしにそう余裕はなかった。しかし夫にはもう働く気はなかった。

「ぼくは四十年以上も働いてきた。これ以上働くのは嫌だな。家でゆっくりしたい。年金が少ないっていうけど、大抵の家はそれでやってるんだよ。もっと収入が欲しいって言うなら、君が働けばいいじゃないか」

と、言った。

「だけど、君が働きに出たとしても、ぼくは今以上の家事は手伝わないよ。君が好きでやることなんだ。君がやってくれ」

とも言った。

それでも構わなかった。お金が必要なことも確かだった。けれどそれ以上に、一日中夫と一緒に家にいるのが嫌だったのだ。夫は退職後、骨休めと称してほとんど外出しない。身形《みなり》にも気を配らない。大抵は着古したスウェットの上下で暮らしている。

夫は若いころはそれなりにハンサムだった。しかし今は見る影もなくなっている。頭は禿げているし、顔には深い皺が刻まれている。それだけでなくあちこちに茶色の染みまで浮いている。

若いころから肌の手入れを怠らなかった麦子と並ぶと、十歳どころか二十歳ほども年上に見えた。事実一緒に歩いているときに、親娘と間違われたことも一度や二度ではない。

もう何年も前から夫婦の関係はない。麦子の夫を見る目は、否応なく厳しくなっていく。夫は夕食後、テレビを観ながら歯を磨く癖があった。そして口中に溜ったつばをごくりと呑みこむ。その音を聞く度に、麦子は嫌悪で吐気がした。

夫はまた洗面所でうがいをしたあと、カッと痰を吐く癖もあった。麦子はその音にもぞっとする。しかしあまりに生理的なことなので、夫にやめてと言うこともできなかった。

かつて夫との結婚話が進んでいるとき、

「あんまり歳の離れた相手はよくないよ。初めはよくても、いずれ不満を感じるときがくる。女性がまだ女盛りのときに、男性の方が枯れてしまうんだよ。そうなったときは難しいよ」

と、忠告してくれた人がいる。

が、麦子は笑って受けながした。性に疎くて、意味がよく分からなかった。それに美貌を誇って結婚相手を選り好みしているうちに、二十代の終わりになってしまった。

高卒で不動産会社の事務員をしていた麦子には、仕事上でのキャリアもなかった。

高校での成績は悪くなかったのに、大学へは進ませて貰えなかった。父親が許さなかったのだ。

「女が大学なんかに行ってどうする。生意気になる上に歳を喰うだけだ。それにな、麦子ほどの器量なら、大学になんか行かなくたって、どんな男も選りどり見どりだよ」

と、言った。

麦子は大した反撥も感じず、そんなものかと思って聞いていた。自分の将来について、自分なりの考えなどはなかったということだった。

そうした諸々の事情のもと、麦子は胸がときめくこともなく、今の夫と結婚したのだった。

麦子は今、地元の土建会社でパート事務員として働いている。そこは従業員が二十人ほどの小さな会社だった。けれど社長が資産家だからなのか、がつがつした雰囲気はなかった。社長が道楽の一つとしてやっている会社だと噂されている。社長はこの会社の他に、植木屋、花屋、美容院なども経営している。それらの間には何の脈絡もない。多分社長がふと思いついたか誰かに勧められたかして、始めたことだろうと言われていた。

社長が会社に姿を見せることはあまりない。ほとんどの日、ゴルフをして過ごしている。仕事がらみのゴルフだと本人は言っているらしいが、誰も信じていない。

会社の実質的な経営は専務が担っている。その代りというか、社長夫人は始終会社に顔を出す。専務が好き勝手をしないように、見張るためかもしれない。

夫人は麦子と同じぐらいの年恰好だった。従業員に対する口調は丁寧で、威張ったりすることはない。が、自分が社長夫人であるという意識は、夫人の全身から滲みでていた。器量は十人並みだったが、細身でスタイルがよかった。いつもブランド物の衣服を身につけている。

夫人が姿を現すと、専務をはじめ従業員達の態度が変わる。露骨にぺこぺこしたりはしないが、皆の顔に愛想笑いが浮かぶ。そわそわした動きになる。麦子も我知らず作り笑いを浮かべ、そそくさとお茶を淹れに立ったりする。

けれど給湯室で一人お茶を淹れていると、麦子の顔は鬼になる。自分とあの夫人はいったい何が違うのだろう、と思わずにいられなかった。

夫人はスタイル自慢だったが、麦子から見るとただ細いだけだ。それに比べ麦子はすらりと手足が長いだけでなく、ちゃんとめりはりのきいた躰つきをしている。器量のほうはというと、これはもう比べるまでもなかった。

夫人は短大を出ているということだったが、特に知的なところなどはない。どんなに考えても、夫人が麦子より勝っている点は思いうかばなかった。

それなのになぜあの人は社長夫人で、自分はパートの事務員なのか。しかも彼女の夫はただの中小企業の社長というわけではない。地元で代々続く有数の資産家なのだ。そんなことを考えていると、麦子の顔はますます鬼になっていく。

社長夫妻は毎年お正月に、経営するすべての会社の従業員を自宅に招く。社長の家は駅から離れた辺鄙な場所にある。それでも初めて招かれたとき、麦子はあまりの広大さに仰天してしまった。資産家とは聞いていたが、その規模は麦子の想像を遥かに超えるものだった。

母屋はこの辺りの伝統的な造りという、和風建築だった。先代が建てたものとかで、風格を感じさせた。母屋の周りには少し小振りな建物が幾つか建っていた。

何より凄かったのは、家の前に広がる庭だった。母屋の前は築山や池のある、ふつうの和風庭園になっていた。けれどその奥に樹木の繁った林のようなものがずっと続いているのだった。

しかもその林の中には大きな飼育場があって、孔雀が飼われていた。孔雀は五羽いた。暖かい季節には、林や庭で放しがいされるということだった。麦子は動物園でなく、個人の家で孔雀が飼われていることに、また仰天していた。

庭や林を眺めたあと家に入り、大広間に通された。大広間は襖が取りはらわれて、何十人もの従業員達を収容するに、充分な広さがあった。目の前には色鮮かな御馳走が並んでいた。が、麦子の心は少しも浮きたたなかった。というより、打ちのめされたような、惨めな気分になっていた。

夫人はなぜこの家の女主人で、自分は従業員の一人なのか。不満と怒りが胸に渦巻いていた。以来夫人を見ただけで、麦子の心はざわつくようになった。

麦子はスーパーの入口に置かれているカートを取り、籠を乗せた。スーパーで買物をするときも、麦子は背筋をぴんと伸ばしている。その姿勢を保ったまま、すいすいと買うべき物を籠に入れていく。きょろきょろ品物を見比べたりはしない。若いころから人に見られつづけて、無意識のうちに身についた習性だった。

いつだったかスーパーで会った知り合いに、

「麦子さんの買物姿は凄いわね。とてもただの主婦には見えないわ。周りを見下ろす、キャリアウーマンて感じね」

と、言われたことがある。

かなりの嫌味が籠もった言葉だった。しかし意識してやっていることではない。もはや自分では直しようもないのだった。

きょうも麦子はしゃんと首を上げて、カートを押していく。顔には相変わらず険のある不機嫌な表情が浮かんでいる。それもまたいつの間にか身についてしまった習慣だった。

今夜の夕食は牡蠣鍋にするつもりだった。夫は何でも喜んで食べてくれる。献立の相談はしない。自分の食べたい物を作る。

牡蠣は新鮮な物が売っていた。大抵の野菜は買いおきしてある。きょうは豆腐と白滝だけ買えば、鍋は作れるのだった。豆腐も白滝も買う銘柄は決まっている。迷うことなく手に取る。

途中で果物が少なくなっているのを思いだし、りんごと柿を買った。

レジに並ぶ。このときも麦子は真直ぐ顔を上げて正面を見ている。前の人の籠の中を覗いたり、きょろきょろ知り合いを探したりはしない。支払いはカードでする。財布を覗いてお札を数えたり、小銭を探したりする姿は、みっともないと思っている。

買物を済ませて駐車場に出た。麦子が乗っているのは、ごくふつうの国産車だった。夫が退職した年に、維持費のことを考えて高級セダンから買いかえた。夫には言わないが、麦子はこの車にも不満を抱いている。

というのも、社長夫人が乗っているのが、濃緑のジャガーだからだ。その車を見る度に、麦子の気持はもやもやと曇る。どうしてこの人がジャガーでわたしは国産車なのか。しかも小型車なのかと思ってしまうからだった。

スーパーは新興住宅地のほぼ真中に位置している。麦子の家は住宅地の外れにあるが、それでも車だと五分ほどしか掛からない。

家は大手不動産会社が手掛けた建売住宅だった。周辺の家々が皆そうなので、屋根が茶色に、壁がベージュに統一されている。街並としては大変美しいのだった。しかし一軒ごとの個性はない。越してきたばかりのころは、気をつけないと自分の家を間違えそうだと思ったものだ。

そんな家だったけれど、二十数年前に買ったときはかなり高かった。バブル景気に陰りが見えはじめていたが、人々がまだそれが弾けるとは思っていないころだった。どの家もサラリーマンが買える限度に近い値段だった。

しかし夫の会社も景気がよくて、充分な融資をしてくれた。麦子夫婦はさほど苦労をすることもなく、この家を手に入れたのだった。

が、今、家の値段は呆れるほど下がっている。しかも住宅地全体が年老いて、くすんできている。あちこちでリフォームや建替えが行われていた。リフォームする人の中には壁を鮮やかなピンクに塗りかえる人がいる。ブルーにする人もいる。当初にあった街並の美しさは、損われてしまった。

家に着いて、麦子は車を車庫に入れた。車庫は狭い。小型車に替えてもなお、入れるのが難しい。敷地が五十坪ほどしかないのだから、仕方のないことだった。社長の家を見てショックを受けたのには、自分の家との差があまりに大きいこともあるのだった。

トランクから買物袋を取りだして玄関に向かう。車の音は聞こえているはずなのに、夫は玄関に出てこなかった。麦子はバッグや買物袋を下げた不自由な手で、鍵を開けた。

「ただいま」

と、声を掛ける。

返事はなかった。夫は二階の自室でパソコンをいじっているに違いなかった。麦子の声が聞こえていても、返事をするのが面倒なのだろう。

夫は家の周囲を申し訳程度に散歩する以外、外には出ない。ずっとパソコンやテレビの画面を眺めて過ごしている。パソコンでは囲碁やマージャンの対戦をしたり、好きな音楽を聴いたりしている。本人はそれで退屈することはないようだった。

麦子は台所に行き、調理台の上に買物袋を置いた。流しの中にも水切り籠の中にも、遣った形跡のある食器は置かれていない。夫はまた昼食にカップ麺でも食べたのだろうと思った。

麦子の勤務時間は十時から四時まで、週五日である。朝夕の食事は麦子が作る。が、昼食は夫が自分で作ることになっている。時間はたっぷりあるし、冷凍品も買いそろえてある。しかし夫は冷凍品を調理することさえ面倒がる。しばしばカップ麺で済ませてしまうようだった。

栄養面が心配だったが、麦子は何も言わない。言い争いになるのが嫌だった。それに夫の躰を気遣う気持も、若いころと比べれば小さくなっている。

夫は麦子が働きたいと言ったときに宣言した通り、家事はほとんど手伝わない。やるのはゴミ出しと古新聞を束ねることだけだった。麦子も若くはないから、仕事と家事の両立で疲れている。

たまりかねて、

「掃除ぐらい手伝って」

と、言ったことがある。

すると夫に、

「掃除は嫌いだ。面倒だし、やってもやってもきりがない。またすぐに汚れる。疲れているなら掃除の回数を減らせばいいじゃないか。埃ぐらいで誰も死なない」

と、返された。

麦子は仕方なく、掃除を週二回に減らした。ついでに料理の手を抜くことにした。ときどきはできあいの総菜を買ったりもする。缶詰も遣う。けれど夫は文句を言わない。

麦子が料理を始めたところに、夫が二階から下りてきた。お帰りと口の中でもぐもぐ言ったあと、

「水ちょうだい」

と、こちらは案外はっきりと言った。

麦子は浄水器の水をコップに汲んで渡した。夫は立ったままおいしそうに飲んでいる。麦子はそんな夫の姿を横目でちらりと見た。

きのうと同じセーターを着ている。グレイのスウェットパンツは形が崩れて、膝とお尻の部分が膨らんでいる。麦子はこれ以上夫への気持が醒めるのを恐れて、慌てて目を逸らした。

麦子は自分がお洒落だから、夫の着る物にも気を配ってきた。夫のクローゼットには、垢抜

けたセーターやズボンがいっぱい入っている。それなのに夫にはお洒落をしようという気がまったくない。毎日服を着替えようという意識さえない。家にいるのにどうして着る物なんかに気を遣う必要があるんだ、と思っているらしい。麦子が自分を見てどう思うかなど、気にもしていないということだった。

夫が、

「うまい」

と、上機嫌で言い、麦子にコップを返した。

毎日家の中に一人でいるのに、夫はいつも機嫌がよかった。自分の気分次第で麦子に八つ当たりしたりすることは、決してない。

麦子は職場で自分より若い男達と一緒に仕事をしている。納涼会だ忘年会だと、年に何回かは宴会もある。日々の業務の中で、取引先の男達からちやほやされることだってある。そういうときは自然に気分が浮きたつ。

職場からそんな浮いた雰囲気をまとって帰っても、夫は何も言わなかった。妻に関心がないのか、おおらかに許容してくれているのか、麦子には分からなかった。

麦子が夕食の仕度を終え、エプロンを外しているときに電話が鳴った。娘からだった。麦子には娘と息子が一人ずついる。娘はしばしば電話を掛けてくるが、息子のほうはあまり掛けてこない。顔を見せることもない。

「今、いい？」

と、娘は言った。

麦子は料理が冷めるな、とちらと思ったけれど、

「いいわよ」

と、応じた。

娘の声を聞くと、麦子の顔は自然に柔らかくなっていた。近頃夫の前ではほとんど見せない顔だった。

「向こうの両親にお歳暮って、贈ったほうがいいのかな」

娘が訊く。

娘は半年前に結婚したばかりだった。

「贈れば喜ぶんじゃないの」

麦子が答える。

「じゃ、そうする。何がいいかな」

「あんまり儀礼的にならないほうがいいわね。広也さんに訊いて、お義父さんやお義母さんの

好きな物を贈れば」

広也は婿の名だ。

「うん、そうする」

娘は用件だけ済ませると、あっさり電話を切った。それでも麦子の気持は何となく温もっていた。

婿は娘の高校時代の同級生だった。従業員が二十人ほどの精密機器会社で、技術者として働いている。娘もさほど大きくない食品会社の社員だった。二人とも収入は少ない。それでも二人分を合わせれば、何とかやっていけるようだった。

娘は大学を出ているが、それほど名の知られた大学ではなかった。就職先を探すのも大変だった。今の職場には二十何回目かの応募でやっと採用になった。

麦子は夫が現役だったころ、一度も働きに出たことがない。夫の収入だけでまずまずの生活ができたのだった。近所の主婦達も似たような状況にある人が多かった。時間に余裕があったから、皆教育熱心だった。

麦子も煽られるように、子供達の教育に取りくんだ。けれど自分がさほど熱心に勉強した経験がなかったから、何をどう教えればいいのか分からなかった。

取りあえず、娘も息子も三歳のころから塾に通わせた。同じ住宅地に住む主婦がやっている、幼児教育の塾だった。同じ頃にピアノも習わせた。少しあとにはお習字や水泳教室にも行かせた。ピアノやお習字の先生も同じ住宅地に住む主婦だった。住宅地には音楽大学を出た人や、かつて小学校の教師をしていた人などがいっぱいいた。

麦子はそれで安心していた。子供達が実際にどの程度習い事を身につけているのかを、きちんとチェックしなかった。それでも娘のほうはピアノも水泳も、まずまずの上達ぶりを見せていた。小学校に入るときには、平仮名の読み書きができるようになっていた。

しかし息子のほうはひどかった。何年も塾に通ったにも関わらず、小学校入学時平仮名を読むことさえできなかった。ピアノもバイエルの初歩さえ満足に弾くことができなかった。身についたのは水泳だけだった。

息子には初めから勉強する気などなかったようだ。塾や稽古事に行くことは行った。が、教室ではいたずらしたり友達とふざけたりして時間を潰していたようだ。けれど先生達は何も言わなかった。近所同志の麦子には、息子の行状を伝えにくかったのかもしれない。

学校に入ってからも、息子のありようは似たようなものだった。小学校、中学校を通して、成績はずっと中の下だった。

その代りというか、息子は麦子の容姿を受けついで大変ハンサムだった。運動神経もよくて、運動会や部活ではいつも花形だった。性格も明るくて屈託がなかった。女の子達に人気があって、バレンタインデーには数えきれないほどのチョコレートを貰っていた。本人はそれで充分満足なようだった。いつも機嫌よく学校に通っていた。

高校は県立を落ちて私立に行った。それでも高校では多少勉強したらしく、まずまずの大学に進んだ。卒業後は案外すんなりと紳士服メーカーに就職できた。

今は都内の店舗で販売員をしている。容貌や明るい雰囲気のお蔭で、客の評判はいいようだった。それに結婚している客の多くは妻と一緒に来るし、会社は少しずつ婦人服も手掛けるようになっている。そうした女性客の間では、息子はさらに受けがいいようだった。営業成績もよく、本人はいたって機嫌よく働いている。

けれど麦子は息子の仕事に満足していなかった。今はいいけれど、歳を取ったらどうするのだろうと思う。やがては店長になれるのだろうか。本部に呼ばれて何かの役職に就くことはできるのだろうか。麦子の心配は尽きない。

麦子の心を騒がせるのはそれだけではなかった。息子の同級生の中には、もっと手堅い仕事に就いている者も少なくない。国家公務員になった者もいるし、医者になった者もいる。大企業に就職した者も多い。そんな同級生達の噂を聞く度に、麦子の心はもやもやと曇り、鬼の形相になる。

息子が電話を掛けてこないのは、麦子のそうした心の闇を感じとっているからに違いなかった。麦子も心の奥では息子を可愛いと思っている。それなのに息子と人を比べては、心をざわつかせる性癖をやめることができないのだった。

不満ということでは娘に対しても似たようなものだった。

麦子の夫はふつうのサラリーマンだったから、生活が特に豊かというわけではなかった。しかし何といっても夫の会社はしっかりした中堅会社だった。社員や家族に対する福利厚生も行きとどいていた。麦子はどこかで夫の会社に守られているような安心感を抱いていたのだった。まして倒産の心配など、一度もしたことがなかった。

けれど婿の勤め先は当てにならなかった。不況になればいつ倒産するか分からなかった。娘の将来が心配になると、それがそのまま婿への不満に繋った。

麦子の心はいつも不満だらけで、落ちつくことがないのだった。

食卓の用意ができて、麦子は二階にいる夫を呼んだ。

夫はすぐに下りてくると、食卓の上の鍋を覗きこみ、

「うまそうだな」

と、嬉しそうに言った。

麦子もそんな夫の顔を見ると、日頃の嫌悪感が少し柔らぐ。何といっても気心の知れた相手

だった。そういう人と暖かな食卓を囲むのは、気持の休まることだった。

鍋の傍らには燗をした日本酒が置いてある。麦子はそれほど呑まないけれど、夫は毎晩呑む。そんな夫のために、麦子は料理に合わせて酒を用意する。ワインのときもあるし、焼酎のときもある。麦子が用意したものに、夫が文句を言ったことはない。

食事の間中、食堂兼居間のテレビはつけっぱなしだった。夫婦の間に共通の話題はそう多くなかった。会話が途切れたとき、辺りがしんとしてしまうと気まずい。テレビの音があれば少しは気まずさが紛れるのだった。それに画面に映っているものや人を話題にすることもできる。

「きょうは仕事どうだった」

夫が鍋を突つきながら訊いた。

さして興味がある様子でもない。きっと話のきっかけを作ろうとしているのだろう。

「お客さんであんまり嫌な人は来なかった。でも社長の奥さんが来た」

麦子が答える。

「そうか。で、どうだった」

「相変わらずね。どことなく偉そうにしてた。夫の会社であって、自分の会社でもないのにね。きっとちやほやされる気分を味わうために来るのね」

麦子は胸の中に溜まっていた不快感を吐きだす。

「そうか。君も大変だな」

夫は案外親身な口調で言った。

麦子が働くことに乗り気でなかった夫も、少しずつ変わってきていた。二人の暮らしに、麦子のパート収入が結構助けになっている。そのことを実感するようになってきたらしい。今も積極的に家事を手伝うことはない。けれど、たまに洗濯物を取りこんだりはするようになった。

「きょうは何してたの」

麦子はお返しのように尋ねる。

「パソコン」

夫の返事は短い。

「パソコンで何したの」

「囲碁とマージャンだ。どっちも勝った」

夫の声が嬉しそうになった。

「そう。散歩はしたの」

「いや、してない」

「ずっと坐りっぱなしだったわけ」

「まあ、そんなとこだな」

夫は麦子に何か言われるのを警戒して、テレビの画面を注視するふりをした。

麦子は駄目じゃないのという言葉を呑みこんだ。言っても無駄なことは分かっていた。

前ほどではないにしても、少しは夫の躰のことが気になっている。夫は退職してから一度も健康診断を受けていない。受けてあれこれ指摘されるのが嫌なようだった。そういう人を無理矢理健診に引っ張っていくことはできない。夫の躰が今どんな状態なのか、誰も分からないのだった。

食事のあと、麦子はりんごと柿を剝いた。

夫はこれも、

「うまい」

と言いながら、よく食べた。

少し食休みしたあと、麦子は風呂に入った。夫は面倒だからあしたの朝に入ると言った。そんな風にして、いつもと同じ夜が過ぎた。

次の日、麦子は普段通りの時間に起き、普段通りに出勤した。夫が麦子を送りだす様子も、いつもと変わらなかった。

けれど夕方麦子が帰宅したとき、夫は一階の廊下で倒れていた。麦子は驚いて夫に駈けより、躰を揺すった。しかし夫の反応はなかった。麦子はどうしていいか分からず、取りあえず救急車を呼んだ。救急車を待つ間、また夫の躰に触わってみた。が、動転していて温かいのか冷たいのかさえ分からなかった。

少し冷静になったとき、麦子は夫の保険証を用意した。家中の現金を掻きあつめた。雨戸も閉めた。じっとしていられなかった。

救急車が来て、夫を担架に乗せた。麦子は慌ててあとを追った。救急車は二十分ほどで病院に着いた。この辺りではもっとも大きな病院だった。

夫はそのまま救急外来に運ばれていった。病院の診療時間はとっくに終わっていた。一階のフロアに人影はない。照明も落とされていて、辺りが薄暗い。麦子は廊下の長椅子に一人ぽつんと腰掛けて、診断が下るのを待った。あまりに不安が大きいせいか、妙に気分が落ちついているような錯覚の中にいた。それなのに、娘や息子に知らせようという知恵さえ浮かばなかった。

それほど時間が経たぬうちに、救急病棟から医師が出てきた。麦子は夫が亡くなったことを知らされた。もう数時間前には亡くなっていたという。死因は脳出血だった。

麦子はただ呆然として医師の説明を聞いていた。感覚が麻痺していて、自分が悲しいのかどうかさえ分からなかった。

そのあとに続く一連のことを、麦子は決まり通りにこなしていった。心ここにない状態なのに、決められたことを粛々と進めていく自分が不思議だった。それまでの日常が崩れたのだという実感もなかった。

麦子が悲しみを実感したのは、夫が亡くなって一年以上も経ってからだった。一度実感すると、その悲しみは日を追うごとに深くなっていった。


そんな日々を重ねて数年が過ぎたとき、麦子は自分がどんなに愚かだったかに、やっと気がついた。夫のいた日々も、些細なことまで輝いて思いだされた。

あのころは夫も離れて暮らす子供達も皆元気で、機嫌よく暮らしていた。機嫌が悪かったのは麦子だけだった。どうして自分があんなに不満だらけだったのか、ただ不思議だった。

そんな自分の気持に向きあううちに、麦子には少しずつ見えてくるものがあった。あのころの自分は、手にしているものすべてを、当たりまえと思っていた。感謝する気持など微塵もなく、手にできぬものばかり数えあげて不満を覚えていた。

失くして初めてそんなことに気がつくなんて、自分は何てばかなのだろう、と麦子は思った。

仏壇の夫に手を合わせて、

「ごめんね」

と、呟いた。

夫は何も言わない。けれど少しそっぽを向きながら許してくれているような気がした。

紺

ある日曜日の午後、松浦は一人で千葉に出かけた。駅前のデパートで、紺色のブレザーを買うつもりだった。普段から自分の着る物は自分で買う主義だった。妻に相談することはない。買物に向かう松浦の気持は、いつもと少し違っていた。紺色の衣服を買うことに、少なからぬ感慨があるからだった。この五十年、紺色の衣服を身につけたことは一度もない。

デパートに入ったときには、まだ気持の高ぶりが残っていた。が、売場で品物を選ぶころには、もう平静になっていた。幸い躰に合う物が見つかった。袖丈などの手直しも必要がなかった。松浦はそのまま品物を持ちかえることになった。

ブレザー以外に買う物はなかった。すぐに帰路につく。千葉駅から自宅のある駅までは、電車で二十分ほど掛かる。電車に揺られながら、松浦はぼんやり自分の心を覗いていた。なぜ急に紺のブレザーを買う気になったのだろうか。しかも思いたつとすぐに実行に移したのだろうか。自分でもよく分からなかった。

家に帰ると妻の姿はなかった。買物にでも出かけたのだろうと思い、まっすぐ二階へ上がった。寝室に入り、買ったばかりのブレザーを箱から取りだす。ブレザーに袖を通し、鏡の前に立ってみる。半白の髪に、光沢のある濃紺が似合っていた。年齢相応に張りを失った肌も、そうくすんでは見えない。

デパートで試着したときは、サイズさえ合えばとにかく買うつもりだった。自分に似合うかどうかなど、念頭になかった。けれど今、長く拒絶してきた色が、案外自分に似合っているのを見て、松浦は改めて感慨を覚えていた。

高校の制服を脱いで以来の紺だった。五十年ぶりとは我ながらこだわりが強過ぎる、と思わぬでもなかった。半ば意識的に半ば無意識に紺を避けているうちに、五十年経ってしまった。

避けた理由ははっきりしていた。一つは中学高校を合わせて六年間、毎日紺の制服を着せられたからだ。その色にうんざりしていた。もう一つの理由は、紺が集団生活の不自由さや圧迫を思いださせるからだった。

と言っても、中学や高校生活の中で、松浦が特に苦しみを味わったというわけではない。教師達との関係はごくふつうだった。友人達との関係は結構よかった。成績もまずまずだったから、学校の居心地は決して悪くなかった。

それなのになぜか自分の中に、紺への忌避感が強くあった。どうしてだろうと思いながら、松浦は折に触れて来し方を振りかえった。

すぐに頭に浮かんだのは、小学校へ入るときのことだった。入学に際して松浦が買ってもらったのは、茶色のランドセルだった。他の子供達は皆黒か赤のランドセルだった。

茶色のランドセルを買ってくれたのは、曾祖父だった。ランドセル選びに、松浦の希望を尋ねられた記憶はない。

なぜ曾祖父がそのランドセルを選んだのか、理由は簡単だった。松浦の育った東北の田舎町で売っていた革製ランドセルは、それしかなかったからだ。

松浦の入学を喜んだ曾祖父は、革製のランドセルにこだわった。自分が価値があると思う物を曾孫に与えることで、頭が一杯だったに違いない。幼い子供が一人だけ周囲と違う物を持つことの面倒さには、思いが至らなかったのだろう。

祖母や母は当然危惧したに違いなかった。しかし一家の長である曾祖父に逆うことはできず、黙って従ったのだろう。

そんなわけで、松浦は三百人近い同級生の中で、ただ一人茶色のランドセルを背負うことになった。案の定同級生の中にはランドセルのことでからかう者がいた。けれど松浦はそれを気に病んだ記憶がない。

もしかしたら心配した祖母や母が、予め松浦に何か言いふくめたのかもしれない。とてもいいランドセルなのだから、人の言うことなど気にしないように、とかそういう類のことを。たとえそうであったとしても、松浦が気に病まなかった大きな理由は、松浦自身の気質にあったような気がする。その他のことでも、松浦は自分が他人と違うことを厭った記憶がない。

そんなことを思いだしていると、小学校のときに経験した、松浦にとっては大きなできごとが甦ってきた。

三年生から四年生になる時期のことだった。クラスは二年ごとに入れかわる仕組だった。三年生と四年生は同じクラスが続く。担任教師も変わらない。

三年生になってしばらくすると、松浦は大した自覚もないままに、大きなグループのボスになっていた。グループは男子だけのグループだった。クラスにはもう一つ男子のグループがあって、そちらは少し小さなグループだった。そのグループのボスは町の警察署長の息子だった。

二つのグループは日々小さなことで争っていた。帰りの掃除のときに、どのグループがどこを掃くかといった些細なことだった。それぞれのグループが、一人でも多く仲間を増やそうと画策していた。

そんな日々の中で、松浦は様々なことを学ぶ結果になった。たとえば自分のグループの仲間は、松浦が口にしないことまで先廻りしてするようになっていた。そういうことの中には、松浦が内心で望んでいるものもあったし、まったく考えていないものもあった。

考えてもいない良からぬことを仲間がやったとき、担任教師に叱られるのは松浦だった。そんなとき松浦は言い訳をしなかった。子供ながら、立場上してはいけないことのような気がしていたからだった。

それは仕方がないとしても、担任教師は別のことで、教師としてしてはならぬ行いをした。教師は松浦ではなく対立するグループのボスに目を掛けていた。そのボスは勉強においても運動においても、特に目立つところはなかった。けれど担任教師は何かとそのボスを引きたてようとした。

もしかしたら人間としての相性のようなものがあったのかもしれない。が、それ以上に明らかな理由は、ボスの父親が町の警察署長であることだった。

田舎町のことだから、小学校の入学式や卒業式、運動会などに、警察署長が来賓として招ばれる。そして長々と祝辞を述べる。

その度に担任教師は、

「大谷君のお父さんは大したもんだなあ。何しろ、町でも一、二の偉い人だもんなあ」

と、崇めるように言うのだった。大谷はボスの姓だ。

松浦は教師の言葉に疑問を抱いた。松浦の周囲の大人達は、誰も警察署長を偉い人だとは思っていなかった。町を動かしているのは町の有力者達だと考えていた。数年で転勤していく警察署長など、単なるお客さんに過ぎないと思っていたのだった。

松浦は子供心にそうした空気を嗅ぎとり、担任教師の価値感に疑問を抱いたのだった。そんな下地があったところに、松浦の担任教師に対する見方を決定的にするできごとがあった。

四年生になった四月初めのことだった。学級委員の選挙があった。男女それぞれ二名ずつが選ばれる。学校では少し前から委員長、副委員長という呼び方をやめるようになっていた。男女とも正副を決めずただ学級委員と呼ぶことになったのだった。

が、生徒達は皆心の中で、一位で選ばれた者が委員長、二位が副委員長だと思っていた。選挙の結果、松浦が男子の一位、署長の息子が二位だった。全校朝礼の任命式では、きちんと一位二位の順で名前が呼ばれることになっていた。

けれど後日朝礼の席で先に名前を呼ばれたのは、署長の息子だった。松浦はその次に呼ばれた。校長が名前を読みあげたとき、松浦のクラスからはざわめきが起こった。松浦も少なからぬショックを受けた。けれど校長や他のクラスの生徒には、そのざわめきの意味は分からなかった。

朝礼の後、担任教師が松浦を呼んで、

「悪いな。何か手違いがあったんだな」

と、言った。

松浦は黙って頷いた。しかし胸の内では手違いなどではなく、教師が故意にやったことだと思っていた。松浦は教師の不正と白々しい言い訳に腹を立てることはなかった。ただ心の中で軽蔑した。

家に帰っても、家族には何も言わなかった。もし話せば、松浦を溺愛している祖母が、学校に乗りこみかねなかった。それに全校生徒の前で校長が発表したことを、今更覆す術などないことをよく分かっていた。

五年生になったとき、警察署長は転勤で町からいなくなった。当然息子もいなくなった。同時に、クラス替えのために松浦のグループはばらばらになった。担任も変わった。松浦は新しいクラスで、またグループを作ろうと思えば作れたかもしれない。しかしもう作る気はなくなっていた。
三、四年生で経験したことが、いつか松浦の中に集団で行動することへの忌避感を育てていた。それにそう思うようになったのは、元々松浦の中に集団でいるより個でいることを好む要素が、あったからかもしれない。

松浦がブレザーをしまい階下に下りていったとき、妻が帰ってきた。両手にスーパーのレジ袋を下げている。

松浦の顔を見るなり、

「紺ブレ、買ったの」

と、訊いた。

「うむ、買った」

松浦は短く答える。

「そう。どうだった」

「まあまあだ」

松浦は意味をなさない返事をする。

はぐらかす気はなかった。ただ、自分の今の気持を説明する言葉が見つからなかった。

「そう」

妻はそれだけ言って、荷物を片づけはじめた。

これまで妻に自分の紺へのこだわりについて、話をしたかどうか憶えていない。長い結婚生活の中で、ふと口にしたことはあったかもしれない。妻の反応からすると、恐らく触れたことはあったのだろうと思われた。

いずれにしても、妻が松浦の心境についてそれ以上尋ねないことを、ありがたく思った。

妻が台所で夕食を作りはじめた。

松浦は妻に、

「ドラッグストアで剃刀を買ってくる」

と、声を掛けて外に出た。

ドラッグストアまでは歩いて十二、三分だった。散歩を兼ねるのにちょうどいい距離だ。途中、半分は住宅地を通り、半分は賑やかな大通りを歩くことになる。

十一月の初めで、見上げた空は穏やかに晴れていた。中空に薄く掃いたような雲が走っている。コートなしでもまだ寒くなかった。

松浦は歩きながら、通りから見える家々の庭を眺めた。何軒かの家に柿の樹が植えられている。今年は柿の当たり年なのか、どの家の樹にも実がたわわに実っている。もう葉っぱが散っていたから、実の朱色が殊の外目立っていた。

あれは甘柿だろうか渋柿だろうか。松浦はふと考える。渋柿なら食べるのに一手間掛けなければならないだろう。今は手間を掛けてまで、渋柿を食べようとする人はいないかもしれない。たとえそうだとしても、庭の樹に果実が実っているのを見るだけで、豊かな気持になれるに違いないと思った。

松浦の育った家にも大きな柿の樹があった。松浦が子供のころは、町のほとんどの家に柿の樹が植えられていた。戦後それほど時が経っていなかったから、多くの人がまだ貧しかった。食料の足しになればと植えられたのかもしれない。

そんなことを考えているうちに、ふと祖母のことを思いだした。松浦が高校生のころのことだった。学校から帰ると、祖母が毎日手作りの干柿を用意して待っていた。もうそのころには世の中が大分豊かになっていて、ケーキやクッキーなども簡単に買えるようになっていた。若者には干柿などあまり嬉しいお八つではなかった。

しかし祖母は松浦が子供のころと同じように、干柿を喜ぶものと思いこんでいた。祖母が笑顔で見守る中、松浦は毎日嬉しそうに食べるふりをしなければならなかった。今ではそんなことも、祖母への感謝とともに思いだす、いい思い出だった。

高校時代といえば、もう一つ松浦には忘れられないできごとがあった。

松浦の通う高校は、町から汽車で二時間近く掛かる地方都市にあった。高校二年の秋、その都市で国体が開かれることになった。開会式のパフォーマンスのために、多くの高校から生徒達が動員された。松浦の高校からは、二年生全員が参加することになった。

市内に国体会場となる大きな競技場があり、そこで合同練習が行われた。練習のためにしばしば授業が潰れる。それを喜ぶ生徒もいた。が、松浦は大きな苦痛を味わった。授業が潰れることが嫌だったのではない。練習そのものが嫌だった。

何千人もの生徒を一斉に動かさなければならないから、壇上で指揮を執る教師は目を吊りあげていた。指示通りに動かない生徒を指差しては、叫んだり怒鳴ったりしていた。

「ほら、そこ、そこ。何やってるんだ。違うだろ！　腕の高さが違う。そうじゃない。低いんだよ。もっとしっかり上げろ！」

「そこ！　足の角度が違う。足の角度はきっちり九十度と言ってるだろう。何度言ったら分かるんだ！」

その度に全員がやり直しをされられた。競技場全体にぴりぴりとした空気が漂っていた。

松浦は心の中で、足の角度が少し違うくらい何だ、と思っていた。自分がただ命令されるままに動く、何千人もの集団の一人にされることに、強い嫌悪感を抱いていた。

そんな反撥心を教師に悟られぬように気をつけながら、松浦は黙々と手足を動かした。隣にいる級友も、きっと同じ気持でいるだろうと思い、

「こんなこと、いつまでやらせるんだろうな。足の角度が揃ったからって、誰が喜ぶんだ」

と、話しかけた。

すると級友は怪訝そうな顔をして、

「どうしてだ。全員が揃ったほうが綺麗だろう。それにおれ達は生徒なんだぞ。先生の言うことには黙って従わなくちゃ駄目なんだ」

と、諭すように答えた。

松浦は驚いて級友の顔を見つめた。一瞬級友がふざけているのかと思ったのだ。けれど彼の顔には至極まじめな表情が浮かんでいた。

松浦は周りに合わせることを強制されても反撥を感じぬ人間がいるのだということに、驚いていた。

そのときの松浦にはまだ、自分のような感じ方をする者が多いのか、級友のような者の方が多いのか、分からなかった。分からぬまま、強い反撥を感じる自分とは、いったいどういう人間なのだろうと自問していた。

問いかけても答は出なかったが、その反撥が理屈ではなく皮膚感覚に近いものであることは分かっていた。松浦は自分が組織の中で働くことや、制服を着る仕事に就くのは向いていないと思った。

大学に進むとき、将来独立して仕事ができる学部を選ぼうと思っていた。考えた末、経済学部を選んだ。公認会計士の資格を取って、できるだけ早く独立するつもりだった。

資格を取ったあと、何年かは大きな事務所の一員として働かなければならなかった。松浦が背広を着ていたのは、その時期だけだった。それでも紺の背広は着なかった。独立したあとは、カッターシャツやセーターにジャケットで通している。

住宅地を抜けて大通りに出た。大通りにはかなり幅の広い歩道がついている。その歩道を右に下って交差点を渡った。渡った先の歩道はさらに広い幅があった。

この街には坂が多い。どの通りも多かれ少なかれ坂になっている。急勾配というほどではないが、ふつうの速度で歩くと息が切れる。そんな程度の坂が多かった。

ドラッグストアまでの道も、ずっと上り坂になっていた。松浦は知らず知らずのうちに前屈みになり、一歩ずつ踏みしめるように歩いていた。

すると後から来た自転車が、スーッと脇を通りぬけていった。ふと目を上げた松浦は、自転車の主を見て驚いた。その人がどう見ても八十歳は越していると思われる、老婦人だったからだ。彼女は真白な髪を髷に結い、黒っぽいズボンの腰を浮かせてペダルを漕いでいく。なめらかな動きだった。息を切らしているような様子はない。

松浦はしばらく呆然として、その人の後姿を見送っていた。それから声を立てずに少し笑った。何かあっぱれなものを見たような、愉快な笑いだった。老婦人に背中を押されたような気がして、松浦はぴんと背筋を伸ばした。

この通りにはドラッグストアが二軒ある。二軒の店は並んではいないが、ごく近い場所に立っている。松浦の行く店はいつも決まっている。店内が比較的狭く、商品の陳列が雑然とした店だった。

その店では床の上に籠が置かれ、その中に商品がごちゃごちゃと詰めこまれていたりする。けれど松浦はそれが嫌ではなかった。

かつて一度だけ、もう一軒の店にも行ったことがある。広い店内の棚に、すべての商品が整然と陳列されていた。床に籠を置くことなど、間違っても許さぬ雰囲気があった。天井に設置された青白い照明が、隙のない商品を照らしていた。その店内に足を踏みいれたとたん、松浦はなぜか寒気を感じた。そこが薬や化粧品を売る店ではなく、化学工場か何かであるように感じられた。以来、松浦はその店に足を踏みいれていない。

松浦が買う剃刀は決まっていた。一時は電気剃刀を遣っていたが、どうもしっくりこなかった。今はもっぱら昔ながらの剃刀を遣っている。

買物は十分ほどで終わった。それなのに外に出ると、先程より気温が下がっているような気がした。思った以上に日没が早かった。

マフラーをしてくればよかった、と一瞬後悔する。が、寒いというほどでもない。帰り道は下り坂だから、来るときよりずっと楽だった。松浦は遠くの空を見上げながら歩きはじめた。西空の一部に、残照が細長く伸びている。その朱の上に濃い灰色の雲が覆いかぶさるように広がっていた。何やら不穏な感じのする空だった。

松浦は歩きながらまた昔のことを思いだす。松浦の上の子が幼稚園に通っていたころのことだった。秋に運動会があって、松浦も妻や下の子と一緒に見に行った。

初めに園児達の入場式があった。四列に並んだ園児達はきちんと手足を揃え、懸命に行進していた。松浦はその姿を見て、少なからぬショックを受けた。恐怖心の混ったショックだった。

かつて自分が高校生だったときに感じた違和感が甦ってきた。こんな風に誰もが同じ動きをするために、園児達はどれほど練習させられたのだろう。どれだけ教師に叱られたのだろうと思った。

松浦がそんな違和感を静めようとしているとき、少し離れた場所から思いがけぬ声が聞こえてきた。

「まあ、何てお利巧さんなんでしょう。みんなあんなに綺麗に揃って」

松浦が思わずその方を見ると、声の主らしい婦人が、ハンカチで目頭を押さえていた。

同じものを見ても、こんなに違う感じ方をする人がいる。松浦はそのことにも改めてショックを受けた。

高校時代の級友を思いだした。しかし高校時代とは違い、そのころにはもうこの婦人のような感じ方をする人が多いことを知っていた。多いからこそ、幼稚園から高校までずっと同じことが行われている。

松浦はそれを善いとか悪いとか言う気はなかった。状況によって、それが善く働く場合もあるだろうし、悪く働く場合もあるに違いなかった。ただ、自分達がそういう特性を持っていることは、決して忘れてはならないような気がした。そんなことを考えながら、松浦は自分の中に起こった恐怖心のようなものを、見つめていたのだった。

それなのに、随分あとになって松浦は思いもかけぬほろ苦い経験をすることになった。英会話教室に通っていたときのことだった。生徒は十人ほどで年齢はまちまち、男女比は半々だった。

あるときアメリカ人教師が生徒全員にテキストの音読をさせた。そのとき誰が音頭を取ったわけでもないのに、全員が同じ呼吸で読みはじめ、同じ呼吸で読みおわった。

するとアメリカ人教師は大袈裟に目を丸くして、

「凄い！　何て揃ってるの。どうしてそんなことができるの。信じられない！」

と、叫んだのだった。

生徒達は教師が何に驚いているのか分からず、きょとんとしていた。

やがて驚きの意味を察した松浦が、

「日本ではふつうのことです。アメリカでは違うんですか。アメリカだとどんな風になるんですか」

と、尋ねた。

すると教師は大笑いし、

「そうね。間違いなく一人ひとりがばらばらに読みはじめるでしょうね。そしてばらばらに読みおわるでしょうね」

と、答えたのだった。

その答を聞いて松浦は思った。皆が一斉に読みはじめ、一斉に読みおわるということは、一人一人が周りの人の動静に神経を配っているということだった。懸命に合わせようとしているということだった。

松浦自身も無意識のうちに同じことをしていた。そのことに松浦は衝撃を受けた。

ずっと人と群れることを嫌い、集団の駒になることを拒絶して生きてきたつもりだった。少なくとも意識的にはそうしてきた。それなのにいつの間にか自分も周りと同じことをしていた。

周囲と合わせることが自分の血肉になっている。そのことを思いしらされて、松浦は悲哀とも諦観ともつかぬ気持を味わっていた。教育の恐ろしさを思った。

どんな教育にもどんな社会にも、善い面と悪い面があるに違いない。それでも周囲と違うことを許さぬ社会は、息苦しいような気がした。少しぐらいばらばらでもいい、周りから外れてもいい。そんな社会のほうが、誰もが楽に息ができるような気がした。

それにしても、自分はどうしてきょう紺の服を買ったのだろう、とふと思う。齢を重ねて、感覚が鈍くなったのだろうか。それとも様々なことを経験して、物事へのこだわりが薄らいだのだろうか。

答は見つからない。紺のブレザーを見るたびに、この先も同じことを問いつづけるような気がした。

西の空に伸びていた朱色の線が、消えかかっていた。

女王様

台所の調理台の上に、白いプラスチックの水切り桶が置かれている。その中に洗いおわった食器が並んでいた。昼食に遣った六皿の中皿だった。

窓から差しこむ淡い光が、その皿を照らしている。皿は適当に並べられているのではなかった。ベージュ、茶、ベージュ、茶というように、交互にきちんと並べられている。

その整然たる様は、個人の家の水切り桶というより、食器売場の展示品か何かのようだった。善彦は一瞬感心する。が、すぐにじわりと違和感が湧いてきた。

そこに妻香子のこだわりが見えた。自分の領分に対する、強いこだわりが見えた。

善彦はこの春職を退いた。地方銀行に定年まで勤め、定年後は五年ほど嘱託として働いてきた。

定年までは数えきれぬほどの転勤を繰りかえした。地域企業との癒着を恐れる職場だから、仕方のないことだった。善彦は主として県南部の市や町を渡りあるいた。

自宅は三十代で千葉市の郊外に建てた、注文住宅だった。勤め先から低金利の融資を受けて、案外大きな家を建てられた。しかし自宅から県南部の勤務先までは、通勤に時間が掛かった。電車で通っても車で通っても、一時間半ぐらいは掛かった。

平日、家はただ食べて寝るだけの場所になった。その上金曜の夜は大抵遅くまで同僚達と賭けマージャンをした。加えて、休みの日もしばしば地元の客からゴルフや海釣りに誘われた。当然のことながら、家事や育児に割く時間などほとんどなかった。

それでも専業主婦だった香子が、不平を口にすることはなかった。それだけでなく、銀行員の妻としての面倒な務めを、きちんと果たしてくれた。

銀行員はふつうのサラリーマン以上に、身嗜に気を遣う。清潔であることは勿論のこと、スーツやYシャツ、ハンカチ、靴下に至るまで、きちんとアイロンが掛かっていなければならない。そんなことも、毎日のこととなると結構大変な作業だった。

けれど香子は苦にする様子を見せたことがない。家の和室には常にアイロン台が出されていた。食事の仕度や子供の相手をする合間に、いつでもアイロンが掛けられるようにだった。

それが高じて、香子はやがて善彦の普段着や下着にまでアイロンを掛けるようになった。自分の物や子供達の物にも、すべてアイロンを掛ける。お蔭で善彦一家の身につける物は、いつも皺一つなくパリッとしていた。

香子はまた家の中を飾るのにも熱心だった。そうかといって、浪費をするわけではない。さして多くもない善彦の給料の中から、毎月少しずつお金を貯えた。そしてそれが一定の額になると、イギリス製のティーカップや皿を買いあつめた。その成果はやがて、居間兼食堂の壁に取りつけた飾棚の上に並んだ。

食堂のテーブルや居間のピアノを飾りたいと思えば、自分でレースを編んだ。カーテンを変えたいと思えば、生地を買ってきて自分で縫った。無論、子供達の世話も手を抜かなかった。

香子がそんな風にして家を守ってくれたから、善彦は何も心配せずに、仕事に専念することができたのだった。

主婦としての仕事を厭わずにやる香子だったが、若いころからそれだけを目指してきたわけではなかった。


香子はかつて、幼稚園の教諭として働いていた。そのころ、善彦は県中央部にある支店に勤務していた。その支店と香子の勤める幼稚園が、同じ団地の中にあったのだった。

その大きな団地の中にはスーパーマーケットがあったし、郵便局や診療所、交番などもあった。小学校や中学校もあったから、住民はほぼ団地の中だけで、不自由なく日常生活を送ることができたのだった。

団地の中にある施設で働く若い男女は多かった。その中でも香子は特に目立つ存在だった。色が抜けるように白く、背が高かった。背が高いだけでなく、手足がすらりと長かった。ただ顔立ちは十人並みより少しいいという程度だった。が、抜群のスタイルと色の白さを見れば、誰もが凄い美人だと思うのだった。

その幼稚園は臙脂色のトレーナー上下を制服にしていた。教諭も皆同じ物を着ていた。そんな物を身につけていても、香子の美しさは少しも減じることがなかった。

その上、香子は人当たりがよかった。自分が美人であることを鼻にかけるような様子は、まったくなかった。園児達と遊んでいるときも、園の用事で銀行や郵便局を訪れるときも、いつもにこにこしていた。香子は団地内で働く独身男性の間で、大変人気があった。善彦も例外ではなく、一目見たときから心を惹かれてしまった。

競争相手に先を越されぬよう、善彦は知りあってすぐにデートを申しこんだ。断られるのではないかとどきどきしながらだった。が、香子は案外あっさりと応じてくれた。善彦は有頂天だったけれど、何度目かのデートのときに、香子はこんなことを言った。

「幼稚園の教諭ってね、日頃お話しする男性は園児のお父さんばっかりなの。若い男性とお話しするのって、とても新鮮」

善彦はそれを聞いて少しがっかりした。何だ、誘ったのがおれじゃなくてもよかったのか、と思ったのだ。同時に香子を誘う男はそれほど多くないらしいとも思った。香子に興味はあっても、あまり美人なので腰が引けるのかもしれなかった。

香子はデート中もいつも落着いていた。若い女らしくはしゃぐようなことはなかった。その様子にはどこか醒めているような感じがあった。しかし善彦はそんなことを気にしなかった。彼にとっては、香子が自分をどう思うかより、自分が香子をどう思うかのほうがずっと大事だった。そして善彦はどうしても香子を手に入れたかったのだ。

そのあともデートを重ね、数カ月後に善彦は求婚した。このときも香子はあっさりと承諾した。嬉しそうではあったが、有頂天になっているような様子はなかった。

香子は自分の気持をあまり語らぬ質だった。善彦は香子が何を考えているのかよく分からなかった。けれど敢えて尋ねようともしなかった。香子が手に入ればそれで充分だった。

結婚と同時に香子は仕事を辞めた。善彦が別の支店に転勤することになり、その辺りから勤め先の幼稚園に通うのは難しかったからだ。それに何より善彦の職場の空気があった。職場には妻は家にいて家庭を守るものという雰囲気が色濃くあった。女房を働かせるのは男の恥という考えさえあったのだった。

香子は幼稚園教諭という仕事が好きなようだった。漫然となったわけではなく、それを目指して短大にも入ったのだし、資格も取ったのだ。が、仕事を辞めることについて、香子は不満らしいことは何も口にしなかった。善彦は当然と思っていたから、香子の気持など推しはかろうともしなかった。

結婚してからも、香子が善彦に対して自分の思いを口にすることはあまりなかった。しかし善彦は香子がどうせ大したことは考えていないだろうと思っていたから、気にもしなかった。

香子は日々の暮らしの中で、多くのことが善彦の都合に添うように振舞った。そのせいか二人の間には喧嘩らしい喧嘩が起こることもなかった。

彼らの間には男の子が二人生まれた。二人ともあまり顔立ちがよくなかった。明らかに善彦に似ていた。多少は香子に似たところもあったが、人から綺麗な赤ちゃんねと言われることはなかった。

そのことについても、香子は善彦に向かっては何も言わなかった。けれどある日、遊びに来た実家の母親に向かって、こんなことを言っているのを耳にした。

「この子達が生まれたときは、本当にびっくりしたわ。わたしのお腹の中から、どうしてこんな顔立ちの子が生まれてくるのかしらって。うちはみんなわりあい整った顔立ちだから、それが当たりまえだと思っていたもの」

そんな話をしながら、香子も母親も楽しそうに笑っていた。二人に悪気がないことは分かっていた。しかし善彦は香子が自分の子供達に対しても、どこか醒めているような気がしたのだった。母親なら、たとえ我が子が不細工であっても、この子は男前だと言いはりそうな気がした。

嘱託の仕事も終わって家にいるようになったとき、善彦は毎日ゆったりとした楽しい日々を過ごせるものと期待していた。

が、香子は子供達が独立したあと、パートとして働きはじめていた。近くの保育園で保育士の補助をするのだった。善彦は同期の中でも出世が早かったから、経済的な問題があるわけではなかった。

しかし香子は働くことを強く希望した。香子が働きたいと言いだしたとき、善彦はためらった。家事が疎かになるのではないかと心配だった。けれどそれよりもずっと大きかったのは、銀行での自分の体面だった。

職場の空気は以前よりは少し柔軟になってきていた。が、それでもまだ妻が仕事をすることへの偏見は残っていた。そんな善彦の心中を見透かすように、香子は言った。

「家事のことであなたに迷惑はかけないわ。これまで通り全部わたしがやる。でも、わたしが働きに出るのが、あなたの沽券に関わるっていうなら別だけど」

善彦は返事に窮した。自宅近くにも善彦が勤める銀行の支店はある。香子が働きはじめれば、すぐに同僚達の耳に入るに違いなかった。

しかし香子の口調には強いものがあった。普段あまり自分を主張しない香子が語気を強めると、迫力があった。善彦は驚き、結局やめろと言うことはできなかった。

香子は生き生きとして働きはじめた。結婚して仕事を辞めたのは、香子にとってかなり不本意だったのかもしれない、と善彦はようやく気がついた。香子の勤務は週に三日、午後の四時間だけだった。金銭的には大したものにはならなかった。それでも香子は自分のお金を自由に遣えることが、嬉しいようだった。

香子は約束通り、働きながら家事をきちんとこなした。家の中はいつも綺麗だったし、善彦の身につける物にはきちんとアイロンが掛かっていた。

香子は午前中を家事に費し、パートのない午後は刺繡や編物のサークルに出かけていった。庭造りにも熱心だった。土曜と日曜のほとんどを、庭の手入れに費していた。その甲斐があって、庭には四季折々の花が絶えることなく咲いていた。それだけでなく、陶器の置物や洒落た椅子などが程よく飾られていた。通り掛かる人が、しばしば足を止めてそんな庭を眺めていった。

善彦は退職後気が弛んで、だらだらとテレビなど観て過ごしていた。何となく香子が一緒に過ごしてくれるものと期待していたのだが、当てが外れた。香子はいつも忙しそうに動きまわっていた。食事のとき以外、善彦の側にいることはなかった。善彦は一人で過ごすだらだらした生活に、すぐ飽きてしまった。

何かしたかった。真先に頭に浮かんだのがゴルフだった。現役のころは、もっとも好きな気晴しだった。しかし現役のころと違って今は接待もない。全部自腹である。小遣いの額から考えると、平日に限ったとしてもグリーンに出られるのは、せいぜい月に二回ぐらいだった。

ゴルフの次に好きなのはマージャンやパチンコだった。かつての賭けマージャンで善彦は負けこすことが多かった。給料日にはいつも支払いが待っていた。が、香子はそれについても文句を言ったことはない。パチンコは勝ったり負けたりだった。

善彦は今、マージャンもパチンコもしていない。賭け事で無駄遣いするほど、小遣いは多くなかった。そんな訳で、今のところたまのゴルフ以外に気晴しはない。元の同僚達と誘いあわせて呑みに行くとしても、せいぜい月に一度といったところだ。

退屈だった。そんなある日の午後、急に雨が降りだした。香子がパートに出ている日だった。善彦は仕方なく、二階のベランダに干してある洗濯物を取りこんだ。洗濯物はすでに乾いていた。善彦は取りこんだ物を一纏めにして、寝室のベッドの上に置いた。

香子が帰ってくるまで、そのままにしておくつもりだった。しかし洗濯物の山を見ると、何となく気になった。香子はいつも家の中をきちんとしておく。ぐしゃぐしゃした物が目に入ることは滅多になかった。

善彦はふと思いついて、洗濯物を畳みはじめた。結婚して以来、洗濯物などに触ったことはない。香子がどんな風に畳んでいたかにも、注意を払ったことがない。

善彦は思いつくまま適当に畳みはじめた。洗濯物はほとんどが善彦と香子の下着だった。その中にTシャツが二、三枚と靴下が数足混じっていた。

どうにか畳みおえ、善彦は自分の仕事ぶりに満足した。ついでに箪笥の中にしまうことにした。自分の物をどこにしまえばいいかは分かっている。抽斗の中の隙間を見つけて、適当に押しこんだ。

香子の物はどこにしまえばいいのか分からなかった。これまで香子の抽斗など開けてみたこともない。二、三度開けしめしたあと、やはり隙間を見つけて適当にしまった。

夕方香子が帰ってきたとき、善彦は、

「おい、洗濯物は取りこんで、しまっておいたぞ」

と、得意顔で言った。

「あら、そうなの。ありがとう。雨が降ってきたから心配してたのよ」

香子は笑顔で答えた。口調はいつものように柔らかだった。

が、買物袋を調理台の上に置くと、すぐに二階へ上がっていった。なかなか下りてこない。

善彦は手持ち無沙汰だった。ゴルフの本でも読もうと思いたち、二階へ上がっていった。本はベッドの脇に置いてある。

善彦が寝室に入っていくと、香子がベッドに腰を下ろして、何か一心に畳んでいる。よく見ると、先程善彦が収納した下着やTシャツだった。

「どうしたんだ」

思わず強い声が出た。

「あら、これ？　ごめんなさい。せっかくやってもらったんだけど、わたしのやり方と違うから、何だか気になっちゃって」

香子が詫びた。

しかし、ごめんなさいと言うわりに、声は断固としていた。

見ていると、香子は下着やTシャツの皺を一つ一つ伸ばし、きちんと折目を揃えて畳んでいる。

「あしたの朝、アイロンを掛けるわ。箪笥にしまうのはそれからなの」

香子の目は真剣だった。

善彦は自分がもう退職したんだし、そんなことにこだわらなくてもいいんじゃないか、と言いたかった。が、香子の一心な姿を見ると口にできなかった。善彦は自分が何か余計なことをしたような気がして、がっかりした。

次の日、善彦は着替えのついでに、香子の整理箪笥の抽斗を改めて開けてみた。きのうは隙間を探すのに気を取られて、よく見ていなかった。

今、香子の箪笥をつくづく眺めて、善彦は驚いた。色とりどりのブラジャーやパンティが、きちんと色分けされて並んでいる。しかも少しの乱れもなく畳まれて、整然と並んでいる。これなら善彦が無造作に突っこんだ物など、すぐに見分けがつくはずだった。

感心した。と同時に疑問を覚えた。なぜこんなことをする必要があるのだろうか。下着など清潔でありさえすれば、それでいいではないかと思った。

とっさに、箪笥の中身をぐしゃぐしゃに掻きまわしたい衝動を覚えた。そうしたら香子はどんな顔をするのだろうか。けれど善彦はすぐにそんな衝動を押さえた。ただ、これからは何があろうと、洗濯物には手を触れないぞ、と決心した。

香子は食べ物に対しても独特のこだわりを持っていた。それは主として栄養面についてだった。

現役時代、善彦は残業することが多かった。そんなときは夕食に出前を取ったり、コンビニの弁当を買ったりした。付きあい酒も多かった。当然栄養の偏ったものになる。特に野菜は不足する。

心配した香子は毎朝自家製の野菜ジュースを用意するようになった。人参を中心にして、そこに青菜やトマトを入れる。それだけでは飲みにくいので、りんごやバナナも入れる。

栄養的に大変良い物であることは、善彦にも分かっていた。が、そのどろりとした不気味な色の飲物を前にすると、吐気を覚えた。二日酔のときや寝不足のときは、特に強い拒否感があった。けれど、香子に、

「三十分も掛けて作ったのよ。残さずに飲んでね」

と、微笑とともに言われると、嫌とは言えなかった。善彦は破れかぶれの気分で、一気に飲みほすのだった。

ジュースの他にも食べ物に関する試練はあった。いつごろからか、朝食に必ず納豆が出るようになったのだ。主食が御飯であるならば問題はない。善彦は納豆が特に好きなわけではなかったが、嫌いでもなかった。嫌なのは、主食がパンのときも納豆が出てくることだった。

「日本人の腸にはね、納豆の菌が一番合ってるんですって。テレビの健康番組でやってたのよ」

香子は揺るぎのない声で言う。

このとき善彦はもう初めから、抵抗する気をなくしていた。パンを食べる前に、なるべく噛まないようにして納豆を呑みこんだ。そしてジュースを流しこんだ。

朝食から解放されて職場に向かう道々、善彦はかつての上司の家でのできごとを思いだした。同僚と二人、その上司の家に夕食に招ばれたときのことだった。

幾つかの前菜が出されたあと、いよいよ主菜になった。主菜はすきやきだった。上司は奮発したらしく、卓上には見るからに上等そうな霜降り肉が並べられた。善彦と同僚は期待に満ちた目で、卓の中央に置かれたすきやき鍋を見つめた。

けれど上司の奥さんが味つけを始めたとたん、驚いて腰が引けた。奥さんは砂糖の代りに、蜂蜜を遣ったのだ。上司がにこにこしながら説明した。

「うちのやつがこのごろ蜂蜜に凝っててねえ。うちの料理にはもう砂糖はいっさい遣わないんだ。何にでも蜂蜜を入れる。砂糖より躰にはずっといいそうだ」

上司に促されて、善彦と同僚は恐る恐る肉や野菜を小鉢に取った。一口食べてうっとなった。生臭いのだ。常温のまま嘗めたりヨーグルトに入れたりする分には、甘くておいしい。しかし温められたものが醬油と混じりあい、肉や野菜にからみつくと、妙に動物臭かった。せっかくの肉が気持悪いだけで、おいしくも何ともなかった。

が、善彦と同僚は我慢して、どうにか失礼にならない程度の量を食べた。食べたというより呑みこんだ。

　そのときのことを思いだしながら、今のおれもあのときの上司と同じだな、と思ったりした。善彦はあのとき、妻の言いなりになっている上司を、不甲斐ないと思ったものだ。けれど今は心底同情を覚えた。家族の食事を一手に引きうけている妻に、抗うことなどできない事情が、よく理解できた。

　それでも退職後、善彦の食生活は大幅に改善した。三食とも香子の作る物を食べるのだから、もう野菜不足の心配はない。香子はもう野菜ジュースを作らなくなった。やれやれだった。しかし納豆は今も毎朝出てくる。


　退職して二カ月も経つと、善彦の無聊はいよいよ極まってきた。香子が家にいる午前中はまだ何とかなる。大した用事がなくても、取りあえず、

「おい」

と呼べば、

「はい」

という返事が返ってくる。

が、午後がいけない。平日の午後香子は家にいない。一人になった家の中を、善彦は意味も

なくうろうろする。

ふと思いついて、パソコンでネットマージャンをしてみる。けれどおもしろくない。莫迦話をしたり、駄洒落を言いあったりする仲間がいないマージャンは詰まらない。

自分でお茶を淹れてみる。テレビを観ながらお八つを食べる。しかし黙々と一人で食べるお八つはあまりうまくない。

香子はそんな善彦の無聊など理解していない。

「今まで長い間働いてくれたんだもの。何でも好きなことをして、ゆっくりしてちょうだいね」

と、優しい言葉を掛けてくれる。

が、笑顔で出かけていく香子を見送りながら、善彦は自分がこの二カ月でどっと老けてしまったような気がするのだった。

香子のほうは何も変わっていない。この二カ月どころか、若いころと比べてもあまり変わっていない。そう見える。顔の皺などは確かに増えたかもしれない。が、体形はほぼ昔のままを保っている。薄化粧も欠かさない。身なりにも気を配っている。

今もスーパーや道で擦れちがう人が振りかえる程度には、綺麗である。自分が美しいということは、香子の中で大きな誇りなのだろう。

銀行の支店長をしていたころ、善彦はよく部下から仲人を頼まれた。花嫁の手を引いて入場するのは、香子の役割である。そんなとき香子はどうしても花嫁よりも目立ってしまう。香子は気にして、髪形や化粧を地味に地味にと押さえていた。けれど、それでも注目を集めることに変わりなかった。

花嫁にすれば不愉快だったのではないか。善彦はよく部下を家に招いたから、彼らは香子のことを知っているはずだった。それなのにどうしてあんなに仲人を頼まれたのだろうか。善彦は今も不思議に思っている。

さて、ネットマージャンにもお八つにも飽きると、善彦はだんだん気が滅入ってきた。何でもいいから躰を動かしたかった。

そんなときは仕方なく散歩に出た。ゆっくり歩いていると、普段は気がつかないところに目が止まったりして、それなりにおもしろい。けれどそれだって長く続くわけではなかった。善彦の近隣の家は、どこも似たり寄ったりの造りだった。庭に植えてある樹木にしても同様だ。

家に帰って庭に出、ゴルフの素振りをしてみる。時折香子丹精の花を散らしてしまったりするが、気にしない。やがて腰が痛くなってきて、それも止める。

それでも香子はまだ帰ってこない。ふと掃除でもしてみようか、と思いつく。香子が毎日掃除機を掛けているから、床は汚れていない。しかしよく見ると、階段の両端や床と壁の継ぎ目などに、幽かに埃がたまっている。善彦は試しに雑巾でごしごし擦ってみた。が、埃は固くこびりついていて、すぐには取れない。善彦は力を籠めて何度も擦った。取れると気持がよかった。

善彦はだんだん夢中になり、一時間以上も擦りつづけた。一階部分と階段を終えたころには、かなり疲れていた。二階はまた今度にすることにして、作業を止めた。

夕方香子が帰ってきたとき、

「どうだ。家の中が綺麗になったと思わないか」

善彦はさり気なく言った。

「そう？　よく分からないけど、どうして？」

香子が怪訝そうな顔をする。

「雑巾で擦ったんだ。階段の端とか床の端とか。案外埃が取れた」

香子の非を咎める気などまったくなかった。ただ自分のやったことを、認めてもらいたかっただけだ。

けれど返ってきたのは、

「あら、ごめんなさい。わたしの掃除の仕方が足りなかったんだわ」

という言葉だった。声には傷ついたような心外そうな響きがあった。

「これからは、そういう所ももっときちんと拭くわね」

香子が続けて言った。

「いや、そういうつもりじゃないんだ。おれはただ」

と言って、善彦は言葉を切った。役に立ちたかっただけだ、という言葉を呑みこんだ。

少し気まずい空気が流れた。

するとそんな空気を吹きとばすように、

「あなたはそんなことしなくていいのよ。これまでずっと働いてくれたんだもの。のんびりしててよね」

香子が優しい口調で言った。

けれど善彦は労われているとは感じなかった。むしろ、これはわたしの領分なの、余計なことはしないでね、と言われているような気がした。

香子はあまり物事をはっきりとは言わない質だ。しかし一緒に暮らすうちに、善彦は香子がどのぐらいの表現をすれば、どのぐらいの気持でいるのか、ある程度は分かるようになっていた。

それでも香子から見れば、善彦が香子の気持を理解できていないときはあるのかもしれない。そんなときでも香子は怒ったり言いつのったりはしない。だから善彦は、自分が香子を理解していないと気づきさえしないことだって、あるに違いなかった。

そんなとき香子はどうしているのだろうか。もしかしたら怒る代りに、こっそり仕返ししているのかもしれない。善彦はそんな気がすることもあった。

いずれにしても、この一件以来善彦は洗濯だけでなく掃除にも手を出せなくなった。

善彦は退屈のあまり、近くの公民館に行ってみた。興味のあるサークルがあれば入ってみようと思った。受付で尋ねると、サークルの一覧表を見せてくれた。いろいろあった。マージャンもあるし、囲碁や将棋もある。躰を動かそうと思えば、卓球やバドミントンもあった。ヨガもあれば太極拳もある。どれか一つぐらいはやれそうな気がした。

受付できょう活動しているサークルの見学を勧められた。善彦ははいと答えたものの、内心ではためらいを覚えていた。今更新しい人間関係の中に入っていって、うまくやれるだろうかと思った。不安だった。

長い間地銀の支店長をしてきて、部下から敬意を払われることに慣れていた。客に対しては低姿勢にならざるを得ないこともあった。けれど支店長ともなれば、客のほうもそれなりの敬意を持って接してきた。善彦の中で、知らず知らずのうちに人に敬意を払われることが、当たりまえのようになっていた。

そうした敬意などいっさいないところで、ただのおじさんとして扱われることに、自分は耐えられるだろうか。善彦は迷った末、何も見学することなく帰ってきた。

水切り桶の中の食器はもう乾いているようだった。それらを食器棚に収納しようかと思った。が、すぐに考えなおした。以前食器をしまったとき、香子が一つ一つ入れなおしていたのを思いだした。

喉が乾いた。コップに水を汲んで一気に飲みほした。そのコップを洗って水切り桶の空いたところに置いた。香子はこのコップも洗いなおすのだろうか、とふと思った。

居間兼食堂に行って、何気なく周囲を見回した。窓のカーテンが目立っていた。数年前、香子がデパートに何度も足を運んで、誂えたものだった。ピンクグレイの着物地のような織物で、どっしりとした高級感があった。そのころ善彦の収入はかなり多くなっていたから、香子はもうカーテンを手作りする必要などなくなっていた。

食堂の真中には無垢材の重厚な食卓が鎮座していた。六脚ある椅子もお揃いで、有名なメーカーの物だった。居間にあるソファーやコーヒーテーブルも同じメーカーの物だ。

目に入るそれらすべての物に、香子の息が掛かっていた。ここはいったい誰の家なのだと善彦は思った。おれが一生働きつづけて、築いた家ではないのか。そう思いながら改めて周囲を眺めてみた。が、この部屋に自分の物と言える物など、何一つなかった。

この小さな城の主は、明らかに香子という女王様だった。

太鼓

改札口を出ると、幽かな太鼓の音が聞こえてきた。近くにあるデパートの方角からだった。一月のある日曜日のことだった。

香川はそのデパート前の広場で、時折各種演奏会が催されるのを知っていた。多分太鼓の音はそこから聞こえてくるのだろうと見当をつけた。

時計を見るとまだ三時二十分だった。同窓会が始まるのは四時だ。会場のホテルまでは歩いて十二、三分しか掛からない。少しぐらいなら演奏会を聴いていけるかもしれないと思った。香川はすぐにデパートに向かって歩きはじめた。

近づくにつれて、太鼓の音が大きくなっていく。香川は昔から太鼓の音が好きだった。自分が叩いたことはない。が、音の振動が躰の中に入ってくる感覚が好きだった。

広場に人垣ができている。近づいて人垣の外側に立ったが、演奏者の姿は見えなかった。それでも音だけはドーンドーンと唸りのように響いてくる。

しばらく立っていると、人垣が少しずつ動くのが分かった。人の出入りがあるようだった。やがて隙間ができて、香川は前に進むことができた。

人々の間から演奏者の姿が見えてきた。打ち手は十人近くいるようだった。全員が若い男だ。彼らとの距離が近くなるにつれて、力強い音が躰の芯まで入ってくる。さらに近づくと、ようやく演奏者全員が見えるようになった。

若い男達は足を踏張り、諸肌脱ぎになって両腕を振りあげている。脱いだ法被の下には何も着ていない。見えるのは腹に巻いた晒だけだった。

腕を上下するにつれて、背中の筋肉が逞しく動く。一月なのに背中にはびっしょりと汗が浮かんでいた。薄紅く上気した男達の顔にも汗が浮かんでいる。彼らが一様に浮かべているのは、何かに憑かれたような陶酔の表情だった。

その表情を、香川は特に嫌だと思ったわけではない。ただ人前でそうした表情を見せるのは、何となく気恥かしいことであるような気がした。と、同時に、羨ましいような気がしないでもなかった。

香川はこれまで、何かに陶酔したという記憶がない。六十九歳まで生きてきたのだから、人並みに嬉しいこともあったし、楽しいこともあった。けれど、そのことに陶酔した憶えはないのだった。どうしてなのか自分でも分からなかった。

陶酔する感覚とはどんなものなのだろう。そんなことをぼんやり考えながら、香川は男達の動きを見、音を聴いていた。

十分ほど聴いてその場を離れた。もっと聴いていたかったが時間がなかった。

同窓会は高校時代のものだった。高校は千葉の県立高校だった。校舎は千葉市の中心部から少し外れた場所にある。同窓会の会場が千葉駅から歩いていけるホテルであるのは、至極順当なことだった。

香川はこれまで一度も同窓会に出ていない。何人かの友人とは個人的に会っている。それで充分と思っていた。誰かと当たり障りのない会話を交すために、わざわざ出る必要はないと思っていた。

が、今回は少し違った。古稀を前にしての節目の会だった。何より案内状には一年生のときの担任が、最後の出席になると書いてあった。八十歳を過ぎた教師が、自ら決めたことのようだった。

香川の中で、その教師に個人的に世話になったという思いが強かった。

香川が高校に入って間もないころ父親が病気になった。肝臓病だった。入院してから退院するまで半年掛かった。父は自営業だったから、父の不在によって家業はたちまち傾きはじめた。家族は精神的にも経済的にも追いつめられていた。家の中にはいつも暗い空気が垂れこめていた。

香川の表情や様子に、そんな状況が現れていたのだろう。ある日担任教師が香川を呼んで、どうしたんだと声を掛けてくれた。香川は初めて他人に家の事情を話した。

教師が何かをしてくれたわけではなかった。けれど声を掛けてくれ話を聞いてくれただけで、香川には充分ありがたかったのだった。そしてそのことを、香川はいつまでも忘れなかった。

しかし卒業以来、香川はその教師に一度も会っていない。なぜか香川の中には、人との距離を縮めるのをためらう性向があった。しかし今回会わなければ、もう二度と彼に会う機会はないような気がした。会って感謝の気持を伝えたい。それだけのために、香川は出席を決めたのだった。


ホテルの入口に、同窓会の会場であることを知らせる看板が出ていた。香川と同年配の男女が、三三五五入口への階段を上っていく。香川もあとに続いた。

会場は三階の大広間だった。個人の席はなく、立食式だった。学年の人数は四百五十人だった。そのうちの三分の一が出席するとしても、百数十人が集うことになる。

会場の正面に少し高い壇が設けられ、マイクが用意されていた。両側の壁に沿って、白いクロスを掛けられたテーブルが、ずらりと並んでいる。

テーブルの上には様々な料理や飲物が用意されていた。正面と向きあう壁の際には椅子が用意されている。疲れた人が休めるようにということらしかった。

香川が会場に入ったのは、開始時間の十分ほど前だった。大広間にはすでにかなりの人が集まっていた。あちこちに人の輪ができて、話に花が咲いているようだった。

男性はほとんどがスーツ姿だった。中にはタートルネックのネーターにジャケットという者もいる。しかしそれ以上に砕けた服装の者はいなかった。女性達は華やかなワンピースやスーツで正装している。着物姿の人も何人かいた。

香川は壁際に立って、ぼんやりと人々を眺めていた。卒業してから五十年の歳月が流れている。ほとんどの人にはそれ以来会っていない。ざっと見回してみたが、誰が誰なのかすぐには分からない。が、しばらく眺めているうちに、少しずつ昔の顔を思いだしてきた。何人かは名前も浮かんできた。けれど自分から話しかけようとは思わず、そのまま立っていた。

香川は考古学の研究者として生きてきた。人間よりは地質や化石を相手にして、日々を送ってきたのだった。結婚はしているし子供もいる。少数ながら友人もいる。大学内の同僚達ともそれなりにうまく付合ってきた。特に人間が嫌いというわけではなかった。しかし今身を置いているパーティなどは苦手だった。とにかく居心地が悪いのだ。

香川の中に早くも出席したことを悔いる気持が動きはじめた。

間もなく会が始まった。発起人である同窓生が挨拶に立った。彼はこういうことに慣れているらしく、ユーモアを交えながら淀みなく話を進めていく。

話に一区切りがついたとき、彼は来賓である教師二人を紹介した。二人だけなのは、他の教師達が年齢的に出席が難しいのかもしれない。もしかしたらもう亡くなっているのかもしれなかった。生徒達が古稀を迎えるのだから、仕方のないことだった。

最初に挨拶したのが、香川が今回会いたいと思っていた教師だった。五十年前初々しい教師だった彼は、今白髪痩躯の老人に変わっている。少し猫背でもあった。それでも彼の風貌には、かつてと同じ柔らかな優しさのようなものが現れていた。そしてその優しさは、かつてよりずっと深みを増しているようだった。

彼はそのあともずっと、教え子達に心を寄せて生きてきたのだろうと思わせた。彼の中に期待以上のものを感じて、香川はなぜかほっとしていた。

教師はマイクの前に立つと、幽かに含羞の笑みを浮かべ控え目な挨拶をした。その挨拶にもまた、香川は心を動かされた。彼に続きもう一人の教師が挨拶を終わると、会は自由な交流の場になった。

香川はテーブルの上からビールのコップを取り、また壁際に戻った。教師に挨拶したかったが、彼は多くの教え子達に囲まれていた。香川は立ったままぼんやりと周囲を眺めた。

そんな香川に淡いピンクのワンピースを着た女性が近づいてきた。

「香川君じゃない」

と、彼女は気軽な調子で言った。

「ええ、そうです」

香川は相手の名前をすぐには思いだせず、焦りながら堅苦しい返事をした。それと見てとったのか、彼女は、

「わたし、玉木よ。玉木光子。今は結婚して後藤になってるけど」

と言って、華やかな笑みを浮かべた。もうすぐ古稀になるとは思えぬ、若々しい笑顔だった。

名前を聞くと、香川はすぐに相手のことを思いだした。それを伝えようとしたが、香川が口を開く前に彼女はさっさと話しはじめていた。

「一年生のとき、同じクラスだったじゃない。わたしの父が大学病院の医者だったから、香川君のお父様が御病気のとき、お力をお貸ししたのよ」

そう言われて、香川の中に当時のことが一気に甦ってきた。

「そうでした。あのときは本当にお世話になりました」

香川は丁寧に応じた。が、心の中で辛い記憶の蓋が開くのを用心していた。

あのころのことは五十年経った今も、香川の心の傷として残っている。同じ事柄に関して自分から教師に感謝を伝えるのと、突然他人から突きつけられるのとでは、大きく違っていた。けれど彼女はそれ以上そのことには触れず、別の話を始めた。

「わたしの主人も医者なのよ。ずっと大学病院にいたんだけど、今は開業してるの。そういう環境だから、息子も医者にしないわけにいかないじゃない。大してできのいい息子じゃないのにね。医大に入れるのが大変だったのよ」

彼女は息子を医者にした顚末を、細々と喋りはじめた。彼女の話を聞いているうちに、香川の中に五十年前の彼女の姿が鮮明に浮かんできた。

五十年前も彼女は今と同じように、自分の話ばかりする人だった。しかもその多くは自慢話だった。彼女には女子生徒の友人は一人もいなかった。けれど男子生徒の取巻きは何人かいた。なかなかの美人だったし、家柄がよかったからかもしれない。

しかし今となってはかつての取巻きも昔のようにはいかないのだろう。話し相手がいないから、彼女は一人でいる自分に近づいてきたのかもしれない、と香川は思った。

彼女の話は長かった。香川がぼんやり聞いているうちに、話題が次々と移っていく。しかしどれも香川にはあまり興味のないものだった。香川は次第に苦痛を感じはじめた。

困惑して呆然としていたとき、突然、

「おう」

と、声を掛ける者がいた。

見ると鶴田だった。鶴田は高校時代、もっとも親しく付きあった友人だった。お互い東京の大学に進学したので、卒業後も親しい付きあいが続いた。けれど香川が大学院に進み、鶴田が就職して地方勤務になると、だんだん疎遠になった。年に一、二回会う時期が長く続いたあと、この二十年ほどは賀状だけの付きあいになっている。

しかし鶴田はそんなブランクなど感じさせぬ調子で、

「この会が終わったら、どこかで一杯やろう。川野とはもう話がついている。いいだろう」

と、言った。

川野も高校時代親しく付きあった相手だった。香川はすぐに頷いた。

久しぶりに彼らと話をするのもいいなと思った。それに香川は昔から鶴田の屈託ない勢いに、押しきられる傾向があるのだった。

玉木光子は突然の闖入者に驚いて、しばらく立っていた。が、やがて諦めたようにその場を離れていった。香川は光子に申し訳ないような気がしながら、同時にほっとしてもいた。

鶴田は光子のことなど眼中にない様子で、

「駅の近くに行きつけの店があるんだ。そこにするつもりだ」

と、続けた。

鶴田は定年後千葉に戻り、実家を建てなおして住んでいると聞いていた。千葉駅周辺は馴染みの場所なのだろう。

「会が終わったら、ホテルのロビーで待っていてくれ。川野にもそう言っておく。じゃあな」

そう言うや否や、鶴田は人の輪の方へ去っていった。相変わらず台風のような奴だな、と香川はその背中を見ながら思った。

香川はまた一人になった。教師の姿を探したが見つからなかった。出席者全員が老人なのだ。白髪や猫背は探す目安にならなかった。

懸命に探しているうちに、香川の中で教師に挨拶しようという気持がだんだん失せてきた。よく考えてみれば、昔の生徒の私的なことなど教師が憶えているとは思われなかった。何しろ五十年も前のことなのだ。わざわざ礼など言っても、相手はとまどうだけかもしれない。

そんなことを漠然と考えていると、今度はパリッとしたスーツ姿の男性が話しかけてきた。

「香川君?」

男性が親しげに言った。

香川は笑顔を浮かべたが、相手が誰なのかすぐには分からなかった。香川の表情を読んだの

だろう、彼は、

「ぼく、多賀です」

と、名乗った。

名前を聞くと、香川の中に相手の記憶が甦ってきた。個人的にそう親しいわけではなかった。しかし何かで同じグループになったりすれば、言葉を交すぐらいには親しかった。

「多賀君か。卒業以来ですね」

今度ははっきりとした笑顔になって、香川は答えた。

「香川君、大学の先生になったんだって？　大したもんだなあ」

多賀が言った。

そしてそのすぐあとに、

「ぼくなんか、ずっと会社に滅私奉公したのに、下っ端の取締役にしかなれなかったよ」

と、続けた。

多賀が大手の製薬会社に勤めていたことは、香川も聞いていた。誰知らぬ者のない企業だった。そこの取締役なら、たとえ下っ端であってもそうたやすくなれる地位ではないだろう。

「いや、そんなことはないでしょう。大変なことじゃないですか」

そう応じる香川の中に、高校時代の多賀の姿が一層鮮明に浮かんできた。

多賀はあのころも自分をアピールするのに長けた男だった。一見卑下するような言葉を弄しながら、裏でしっかりと自分をアピールする。そういうことを繰りかえしながら、いつの間にか同級生の間で一定の評価を得ていた。

しかし多賀のそんな性癖に気がつく者は多くなかった。それにたとえ気がついたとしても、口には出しにくいことだった。香川は多賀と同級生達のありようを不思議に思いながら、少し離れた場所から眺めていた。

もしかしたら多賀はその後の年月も、似たようなことをしながら生きてきたのかもしれない、と香川は思った。

多賀はいつの間にか、自分が開発に関わった薬の話をしていた。多少の興味はあったので、香川は頷きながら多賀の話を聞いていた。

やがて多賀が離れていくと、香川はまた一人になった。一人であることが所在ないとは思わなかった。むしろ解放されたようで、ほっとしていた。

そんな気分の中で、自分に話しかけてきた二人のことを振りかえった。彼らは自分の人生に大変満足しているように見えた。こういう会に参加するのは、多かれ少なかれ似たような人が多いのかもしれない。初めて参加したものの、香川は一度で懲りてしまった。

結局、教師に礼を言うという目的は果たせなかった。が、それでも構わなかった。遠くからであれ、ともかくも教師の姿を見ることができた。心の中で謝意を伝えることもできた。

会が終わったあと、鶴田や川野とロビーで落ちあった。川野と会うのも二十数年ぶりだった。けれど彼もまた鶴田と同じように、改まった挨拶などはしなかった。

笑顔で、

「おう」

と、言っただけだ。そのあと、

「元気か」

と、訊いた。

香川も笑顔になって、

「まずまずだ」

と、答えた。

すると川野は、

「それはいい。ぼくはこの十年で二度もガンの手術をした」

そんなことをあっさり言う。

「えっ。大丈夫なのか」

香川が思わず尋ねると、

「大丈夫だ。もう治った」

川野は淡々と応じた。

楽観的なのか肚が据わっているのか、香川には分からなかった。

ホテルを出る同窓生達に混じって、三人は玄関を出た。ぽつりぽつりと話をしながら店まで歩く。鶴田の勧める店までは、気分を変えるのにちょうどいい距離だった。

店は洋風居酒屋といった趣のものだった。鶴田が予約しておいたらしく、待たされることもなく席に案内された。店内はもう七、八割の席が埋まっていた。空いている席にも予約席という札が立っていたりする。

店内は白と焦茶で統一されていて、照明もほどよい明るさだった。

席に着いたあと、周囲を見回しながら、

「いい雰囲気の店だな。これなら料理もうまそうだ」

香川が言った。

鶴田の顔を立てる意味もあった。が、本当にそんな気がしたのだった。白いシャツに黒のエプロンを付けたウエイター達の応対も、きびきびしていて気持がよかった。

「そうか。よかった。実際に料理はうまいんだ。居酒屋っていうより、レストランに近い」

鶴田が自慢気に言う。

すると、すかさず川野が、

「しかしお絞りを持ってくるのが遅いな。客が腰を下ろしたらすぐに持ってこないとな」

と、口を挟んだ。

確かに席に着いてから、結構時間が経っていた。

鶴田がちらっと困ったような表情を浮かべた。

二人のやりとりを見ていた香川の頭に、ふと昔のことが浮かんだ。川野は高校生のころから他人の弱点を突くのが得意な男だった。

かつてこんなことがあったのを憶えている。同級生の一人が模擬試験で非常にいい点数を取ったときのことだ。全国で五十番以内ぐらいのいい点数だった。本人はもちろん大喜びだったし、周囲も感心して褒めそやした。

そのとき川野が言ったのだった。

「でもな、おまえ国立一期志望だろ。幾ら総合点がよくても、一科目でも基準点に達しないものがあると、落とされるらしいよ」

喜んでいた同級生の顔がたちまち曇った。彼は理系志望だったが、国語の成績が極端に悪かった。

川野の言ったことは間違いではなかったかもしれない。そういう情報は受験生の間に流れていた。特にその同級生が志望する大学では、そういう基準を設けているという噂があった。けれどそのときその場で口にすべきことかどうかは別のことだった。

川野は誰に対しても度々そういう類の発言をした。そこに悪意が潜んでいるのか、ただ率直なだけなのか、香川には分からなかった。

香川は川野のそんな性癖が気になった。しかし気にせぬ同級生も多いようだった。川野には友人が多かったし、いつも誰かと群れていた。

香川が多少のこだわりを抱きながらも川野と親しく付きあったのは、彼にそれを超える美点があったからだった。川野は誰に対しても親切だった。頼まれたことは気軽に引きうけたし、それを果たすことに骨身を惜しまなかった。

店のメニューがテーブルの隅に立てかけてあった。三人はそれをテーブルの上に広げて、一ページずつめくりはじめた。すると幾らも経たぬうちに、

「これとこれがうまいんだ。この二つは欠かせないなあ。あっ、それからこれもお勧めだ」

鶴田がメニューを指差しながら言った。断定的な口調だった。そのあと少し繕うように、

「でも他に食べたい物があったら、遠慮なく言ってくれ」

と、付けくわえた。

香川と川野は鶴田の勢いに押されて、すぐには言葉が出てこなかった。やがて香川が、

「取りあえずそれにするか」

と、答えた。

川野は少し憮然とした顔をしていたが、黙って頷いた。

ウエイターがお絞りや箸、箸置などを持ってきた。鶴田が先程選んだものを、注文していく。

「お飲物はいかがいたしましょうか」

ウエイターが尋ねたとき、鶴田がまた勝手に、

「まずはビールだろう。ビール三つ」

と、注文した。それから香川達の方を向いて、

「いいよな」

と、念を押した。

香川は驚いたが黙って頷いた。川野も倣った。鶴田が香川達の表情に頓着する様子はまったくなかった。

三人はビールや料理を待ちながら話を始めた。鶴田が今熱中しているという碁について話をした。

香川は碁についての知識はほとんどない。けれど鶴田の話を聞くのはおもしろかった。鶴田は昔から話術が巧みだった。次から次へと機知に富んだ言葉を繰りだし、人を飽きさせなかった。自慢話などはいっさいしなかった。鶴田と一緒にいると、香川はいつも楽しい気分になれたものだ。

しかし一方で唖然とすることも少なくなかった。高校生のころ、香川と鶴田は試験明けなどに、よく市内のショッピングセンターをうろついた。実際に買物をすることもあったし、ただうろつくだけのこともあった。

そういうとき、鶴田は香川の存在など忘れたように、思いのままに動きまわった。香川は鶴田とはぐれないために、ひたすらあとを追うことになった。

そんな風にして自分の見たい物を見、買いたい物を買ったあとで、鶴田は香川を振りかえり、

「あれ、おまえ何も買ってないの」

と、不思議そうに言うのだった。

そんなことが何度もあった。が、香川は鶴田が好きだった。鶴田の言動は時に人を呆れさせたけれど、悪意というものはまったく感じさせなかった。

それに鶴田は他人の悪口を言わない人間でもあった。彼を見ていると、自分を律してそうし

ているとは思われなかった。多分他人に興味がないから、他人の欠点も見えないのだろう、とでも思うしかなかった。いずれにしても、香川は鶴田と一緒にいて不快になることはほとんどなかった。

しばらくしてビールが運ばれてきた。料理も順に運ばれてきた。

「な、うまいだろ」

ニョッキを食べながら鶴田が言う。

「確かにうまいな」

香川が答えると、鶴田が大きな笑顔を浮かべた。

鶴田の碁の話が一段落すると、川野が卓球の話をした。もう十年以上続けているという。

「いろんな技があってさ、十年やってもなかなか身につかない。でもな、下手は下手なりに、試合の駆引きってものがあるんだ。それがおもしろい」

川野が言った。

香川は川野ならさぞ駆引きがうまいだろうと思いながら、話を聞いていた。

川野がまだ卓球の話をしているときに、鶴田が突然割ってはいった。

「このあと何を頼むかな。好きな物を選んでくれ」

川野の話を遮ったことなど、気にもしていないようだった。

香川は仕方なく川野と一緒にメニューを眺め、二品選んだ。二人が選びおわると、

「次の飲物は何にする」

と、鶴田が訊いた。

しかし訊いたそのすぐあとに、

「ぼくは赤ワインがいい」

と、続けた。

香川は一瞬言葉に詰まったが、

「ぼくもそれでいいよ」

と、応じた。

川野は、

「ぼくは何でもいい」

と、ぶっきらぼうに答えた。明らかに不快を感じている様子だった。

けれど鶴田は川野の口調など気にかける風もなく、

「よし、決まりだな。三人とも赤ワインならボトルを頼もう。グラスワインは安物だ」

と言い、嬉しそうにウエイターを呼んだ。

ワインを選ぶときも、鶴田は一応香川や川野の意向を尋ねた。が、結局は自分の好きな物を選んだ。

三人はまた話に戻った。香川も促されて趣味の水泳の話などをした。そのあと、きょうは欠席した同級生の消息を伝えあったりして、話は尽きることがなかった。

途中で鶴田がトイレに立った。すると川野が鶴田の後姿に向かって顎をしゃくり、

「あいつ、相変わらずだな。人に合わせるってことができないんだな。あれでよく会社勤めができたもんだな」

と、言った。

香川は黙っていた。川野の気持が分からぬではなかった。が、人が姿を消した途端にその人を批判するという行為が嫌だった。自分の中に湧いた嫌な気持を眺めていると、かつて目にした似たような光景を思いだした。

川野はよく顎をしゃくる男だった。そして人が立去った直後に、その人に対する寸評を加える男だった。悪口を言うわけではなかった。多くは的を射た批評だった。それでも香川はそうした行為自体が嫌だった。

鶴田が戻ってきた。鶴田の顔を見ても、川野はまったく悪びれた様子を見せなかった。三人はまた和やかに話を続けた。料理はなくなりワインも空になった。

時刻は九時半を回っていた。香川はこれで帰る旨を二人に伝えた。家が遠いわけではなかった。けれど香川は毎日同じ時刻に寝て、同じ時刻に起きる。そうやって不眠に陥るのを防いでいる。

「そうか。ぼく達はもう一軒回る。いいよな」

鶴田が言った。

川野が黙って頷いた。

帰りの電車に揺られながら、香川はぼんやりときょうのできごとを振りかえっていた。言葉を交した同級生達の顔が、切れぎれに浮かんでは消えた。

そんな断片を反芻しながら香川が思ったのは、人の本質は変わらないということだった。それぞれ七十歳近くまで生きてきたのだから、誰もがそれなりの処世術は身につけているはずだった。大なり小なり、悲しみや苦しみも経験したに違いなかった。心の襞も増したことだろう。それにきょうのような短い接触で、その人の内面が分かるはずもなかった。

しかしそれでもなお、人の芯は変わらないと香川は思った。

そう思いながら己れを振りかえってみると、自分もまた何も変わっていないと思った。あまり口を開かず、周囲の人間をじっと眺めている。そんな気質は高校生のころから変わっていない。いや子供のころから変わっていないと思った。

人が齢を重ねる中で成長するなどということはあるのだろうか、と香川は思った。

電車が最寄り駅に着いた。千葉市郊外の駅だった。十時半を過ぎているのに、案外多くの人が電車を降りた。

駅の外にはバスが停まっていた。タクシー乗場には何台ものタクシーが待機していた。けれど香川はどちらにも乗らずに歩きはじめた。歩けば家まで二十分は掛かる。

それでも歩きたかった。家に着く前に気持を切替えたかった。特に不快な気持でいるわけではなかった。しかしきょうのことはきょうのこととして心の中から払拭し、家に帰りたかった。

おうな

梅雨が明けて間もない日だった。

朝の気温は、早くも昼の猛暑を予感させる高さになっていた。

その日はたまたま幾つかの用事が重なっていた。百合子は急いで朝食を済ませ、一つ目を果たすべく仕度を始めた。

通帳や印鑑を確認し、車で駅前のモールに向かう。そこにある銀行で定期預金を下ろすつもりだった。二百万円だから、百合子にとっては大金である。

下ろしたお金は同じモールにある郵便局まで持っていき、そこでいったん自分の口座に入れる。そのあと口座間送金で息子の口座に送る。そんな段取りだった。

息子のゆうちょ銀行の口座番号は登録してある。番号を打込む必要がない。送金したものは即座に届く。費用も掛からない。息子との金銭のやりとりはずっとこの方法を取ってきた。今回の送金の目的は、息子の引越し祝いだった。

慣れた作業だから、簡単に済むものと百合子は思っていた。しかし、思いもかけないことに直面した。

銀行に着き、必要書類に記入して順番を待った。やがて名前を呼ばれ、カウンターまで行った百合子に向かって、窓口の女性行員が言った。

「お客様、このお金は何にお遣いになる予定でしょうか」

なぜそんなことを訊かれるのだろう。不審に思いながらも、百合子はいちおう遣い道を説明した。

すると行員は、

「お電話でやりとりなさったということですが、お相手は本当に息子さんでしたか」

と、重ねて尋ねる。

ここに至って、百合子はやっと自分の置かれた状況が呑みこめた。今まさに振りこめ詐欺に合わんとしている老女、と見なされたのだ。

百合子はまだ六十八歳である。髪は定期的に染めているから、白髪には見えない。お化粧もそれなりにしている。服装にも気を配っている。背中も曲がっていないし、足も湾曲していない。自分としてはさほど年寄りに見えるとは思っていなかった。

が、他人の目には違って見えるのだ。いかにも詐欺に遭いそうな、頼りない老女に見えるのだ。そう思うと、百合子は少なからぬショックを受けた。

百合子だって、六十八歳という年齢が老人に入るということは、充分に承知している。それでも尚、どこかで自分が老人であるとは思っていない。

周りの同年代の女性達を見ても、大抵の人は老人臭くない。身綺麗にしているし、身のこなしだっててきぱきしている。そんなことも百合子の主観を助ける本になっていた。

自分の年齢を否定したり、若いふりをしたりするつもりはなかった。ただどういう訳か、自分が老人であるという実感がないだけだ。

それはそれとして、行員の質問に対して、百合子は、

「確かに息子でした」

と、少しむっとして答えた。

それでも行員は引きさがらなかった。百合子の答など、鼻から相手にしていないかのように、

「いかがでしょう。こちらからいったん郵便局のお客様の口座にお振込みさせていただき、それからお客様が息子さんの口座に送金するということになさっては」

と、言う。

百合子はどうしてそんな面倒なことをしなければならないのかと思いながら、

「でも銀行間の振込みにすれば、向こうの口座に入るまでにかなりの時間が掛かります。費用だって掛かります。このあとの予定もあるので、急いでいるんですけど」

と、答えた。

すると行員は、

「少しお待ちいただけますか」

と言って、奥の部屋に引込んでいった。上司と相談でもするのだろうと思いながら、百合子は待った。

やがて戻ってきた行員は、

「お振込みは電信で、すぐに届くようにいたします。費用もいただきません」

と、言う。

何か割りきれない気持はしたが、行員の勢いに押される形で、百合子は、

「分かりました」

と、答えていた。

銀行から郵便局まで歩く道々、百合子は行員とのやりとりを反芻していた。行員はなぜあんなに現金を渡すまいとしたのだろう。百合子が本当に騙されているとしたら、ゆうちょ銀行か

ら現金を引きだし、誰かに渡してしまうことだってありうる。息子の口座と思いこんで、別人の口座に送金してしまうことだってありうる。

銀行で現金を止めることに何ほどの意味があるのだろう、と思った。が、すぐに銀行は警察から要請された役割を果たしているだけなのだろう、と思いなおした。それに被害に遭いそうな人に介入することで、少しは冷静になる時間を与えられる。もしそれでも尚被害者が何かするとしたら、それはもう自分達の関与するところではない。そういうことなのだろうと思った。

そう思うと、もやもやした不快感が少し薄らいだ。

郵便局に着くと、銀行からの振込まれたお金はもう届いていた。百合子はすぐに息子の口座に送金した。


一度家に戻って車を置き、徒歩で貸家に向かった。貸家は夫が退職したときに買ったものだ。夫が亡くなったあとは、百合子の貴重な収入源になっている。貸家と自宅は歩いて七、八分しか離れていない。車で行くほどの距離ではなかった。

これまで住んでくれていた人が先月退居した。次の借家人を募集する前に、傷んだ所を修理しなければならないのだった。

これから管理を頼んでいる不動産業者と、会うことになっていた。家中を点検し、具体的にどこをどう修理しなければならないのか、相談するのだった。掛かる費用についても、検討しなければならない。

百合子が頼んでいる不動産業者は、県内でチェーン店を展開する会社だった。社員の異動が多いのか離職する人が多いのか、担当者がよく変わる。今から会う予定の担当者も初対面の人だった。電話でのやりとりで、男性であることだけは分かっているが、それ以外の情報は何もなかった。

日差しが強くなっていた。日傘を差していても、少し歩いただけで汗が吹きだした。百合子が貸家に着いたとき、担当者はまだ来ていなかった。百合子が約束の時間より十分早く着いたからだった。

担当者を待つ間、百合子は敷地内に入って家の周りを見てあるいた。自分の所有物件とはいえ、人に貸している間は勝手に入ることはできない。百合子はもう何年も敷地内に入ったことはなかった。

家の外壁は数年前に塗りなおしたばかりだ。亀裂などもなく綺麗だった。庭の樹木は可哀想なほど小さく刈りこまれている。落葉などが借家人の負担にならないように、百合子が植木屋に頼んでしてもらったことだ。それでもぎりぎりまで刈りこまれた樹木を目の前にすると、胸が痛んだ。

　やがて約束の時間ぴったりにスーツ姿の担当者が現れた。五十歳前後の中肉中背の人だった。初対面の挨拶のあと、彼が名刺を差しだした。その仕種がいかにも手慣れた感じで、淀みがなかった。

　人と人とが初めて顔を合わせるとき、互いに相手を品定めするのは、ごく自然なことだった。そのありようは、初めて会った犬同士が一瞬にして互いの強弱を見極めるのと、大差なかった。

　担当者の目に、すぐに余裕の色が浮かんだ。百合子を与しやすい老女と見なしたに違いなかった。けさの銀行でのできごとがあったから、百合子は他人の目に自分がどう映るかを、嫌でも自覚しないわけにはいかなかった。

　担当者の物腰はあくまでも慇懃だった。顔にはずっと愛想笑いが張りついていた。けれど時間が経つにつれて、その慇懃さの中に少しずつ威圧的な雰囲気が加わりはじめた。

　百合子は彼に好感を抱かなかった。彼の物腰もさることながら、それ以上に彼から伝わってくる不誠実の匂いが嫌だった。

　彼の前任者は気の弱そうな若い男性だった。少し頼りないところはあったけれど、彼から不誠実な感じを受けることはなかった。

彼が担当を外れたとき、百合子は少しがっかりし心配した。彼が他の支店に異動になったのではなく、退職したのではないかと思ったからだ。どこかで彼が不動産業には向いていないと感じていたからかもしれない。それに最後に会ったとき、彼は疲れた顔で故郷の話をしていた。彼の不安そうな顔を思いだすと、何となく心が痛んだ。

新しい担当者が玄関の鍵を開けた。鍵は普段から業者に預けてある。

二人は連れだって家の中を見てあるいた。担当者が一部屋ずつ窓のサッシや雨戸を開けていく。窓から差しこむ明るい日差しの中で見ても、家の中は意外なほど綺麗だった。これまでの借家人は七、八年は住んでいた。それなのにこれといって目に付くような汚れはなかった。百合子の気が付いた傷みと言えば、居間の壁紙が一部剝がれていることと、和室の障子が破れていることぐらいだった。

しかし担当者は行く先々で難点を指摘した。

一階にある和室については、

「障子はもちろん張替えになりますし、押入れの襖も替えないといけないですね。破れなどはありませんが、日焼けしてます。畳も全部入れかえましょう」

と、言う。

障子を替えるのは当然だった。畳は借家人が変わる度に替えるのが当然とのことだった。けれど押入れの襖には染みや汚れなどはまったくない。少し納得できない気はしたものの、百合子は黙って頷いた。

二階の洋間二室の床は絨毯だった。それについても担当者は指摘した。

「これは全部剝がして、フローリング風のピータイルにした方がいいですね。赤ん坊のいる家族は絨毯を嫌います」

しかし百合子の見たところ、絨毯には染み一つなかった。擦りきれているところもない。それに台所やトイレならともなく、部屋の床にピータイルを敷くのはどうかと思った。

「絨毯を剝がすのは少しもったいないですね。第一赤ちゃんのいるような若い家族が、一軒家を借りるでしょうか」

百合子は言ってみた。それほど収入の多くない若い家族には、家賃が高過ぎるような気がしたのだ。

担当者はそれに対して何も答えなかった。百合子の質問をもっともと思ったわけではなく、初めから聞く耳を持っていないように見えた。

その証拠に、二階に上る階段についても、

「この絨毯は剝がした方がいいですね。剝がして滑り止めを付けましょう」

と、言った。

階段には絨毯の上から、ちゃんと滑り止めが付いている。絨毯を剝がさなければならない理由が分からなかった。

浴室に行くと、

「本当は壁を全部張替えた方がいいんですけどね。そうもいかないでしょうから、これだけは取りかえましょう」

と言って、鏡の下に渡してある細長い棚を指差した。

棚は人造大理石でできていた。クリーム色の斑だったが、彼が指差したのは棚の中央に走る黒っぽい線だった。

「これは割れですね」

と、彼は断定的な口調で言った。

が、百合子はそれが大理石の模様であることを知っていた。この家を買うときに説明を受けている。けれどもう反論する気も失せて、百合子は黙っていた。

家の中を一応見てまわり、二人は一階の居間に戻った。戻るとすぐに担当者は鞄の中から修理の見積り書を取りだした。

彼の会社は以前は不動産物件の仲介だけをしていた。が、今はリフォームも手掛けている。その見積りはどこかの工務店に依頼したものではなく、彼の会社が作ったものだった。

見積りを見て百合子は驚いた。先程彼が指摘した箇所が、すべて要修理として記載されている。しかもその額は見込める家賃の一年半分にも上っていた。

「少し考えさせて下さい」

と、百合子は答えた。

答えながら、頭の中では近くの工務店に相談してみようと考えていた。

すると担当者は百合子の気持を見透かすかのように、

「この辺りの業者とうちとでは、やり方が全然違うんですよ。第一、抱えている職人の腕が違います。道路に警備員を置いて、万が一にも事故が起こらないようにします。仕事の結果に対する責任の取り方だって違うんですよ。どんな小さなクレームにも徹底して対応します」

と、言った。

その口調にはどこか上から押さえつけるような響きがあった。

担当者がさらに何か言いつのるのを黙って聞いて、百合子は彼と別れた。別れるとき、彼は結局のところ百合子が言いなりになるに違いないと確信しているような、自信たっぷりの表情を浮かべていた。彼は家の戸締りをするために、あとに残った。

自宅に帰る道々、百合子は重い気分で担当者とのやりとりを思いだしていた。少しずつ彼に対する反撥心が湧きあがってきた。やがてその反撥心が一定の大きさに膨れあがったとき、百合子は彼の会社にリフォームを依頼するのはやめようと決心していた。

　自宅に着くとすぐに、知合いの工務店に電話を掛けた。地元の仕事だけを手掛けるような、小さな工務店だった。リフォームの見積りを頼んで電話を切った。

　電話の相手は口調がぶっきらぼうだった。しかも発する言葉は必要最少限のものだった。そこに依頼主に媚びるような気配はいっさいなかった。けれど同時に不誠実の匂いもなかった。そのことに百合子は心底ほっとしていた。


　そうめんの簡単な昼食を済ませ、少し休んでから百合子はまた外出の仕度をした。

　午後は近くの公民館で俳句の会があるのだった。

　公民館まではそう遠くない。普段は運動のために歩くことにしていた。しかしきょうは会のあと、整形外科に寄るつもりだった。整形外科までは車がないと行けない。

　公民館の駐車場はいつも混んでいる。しかしきょうは運よく空きがあって、待たずに済んだ。

　いつもの部屋に行くと、もう多くの会員が集まっていた。会員は全部で二十名ほどいる。しかし毎回欠席者がいるので、大抵は十数人が集まる。男女比は半々といったところだ。

　先生はこの地方で活動する俳人だった。彼は教えたり批評したりするだけで、会の運営には関わらない。会長としてこの会を仕切っているのは、七十代半ばの男性だった。彼は会の運営に非常な熱意を持っていた。

以前、会長は持回りで、一年毎に交代していた。が、喜んで引きうける人はいなかった。公民館との打合わせや行事への参加など、雑用が少なくないからだった。そんな中で、今の会長は雑多な仕事を嫌がらなかった。これ幸いと皆で押しつけ、彼はもう三年も会長を続けている。

ありがたいことだ、と皆思っていた。けれど思いがけぬことも起こってきた。長く続けるうちに、会長が会を自分のものであるかのように振舞いはじめたのだ。月一回の吟行の場所を、誰にも相談せず一人で決めてしまったりする。彼の下にはちゃんと三名の役員がいる。

しかし誰も彼の代りを引きうける気はないから、表立って批判はしない。その他にも彼は作品の提出期限のことなどで、非常に口うるさくなっていた。

会が始まり、皆の作品を載せたコピーが配られた。それも会長が一人で用意してくれたものだった。

先生が一句ずつ批評していく。

会が始まって四十分ほど経ったときだった。入口のドアが開いて、見学したいという人が現れた。百合子と同じ年恰好の女性だった。

会長が彼女に向かって、

「もう少ししたら、休憩の時間になります。そのときお話を伺います。しばらくどこかに坐って見学してて下さい」

と、声を掛けた。

十分ほどして、休憩の時間になった。会長が立っていって、見学の女性と話しはじめた。

会長が会の進め方や決まり事などを説明している。だいたいの説明が終わったとき、会長が、

「これまで俳句を作った経験はありますか」

と、訊いた。

「はい、少しですけど」

女性が遠慮がちに答える。

「それじゃ、基本的なことはお分かりですね。季語なども御承知ですね。あまり初心者だと、入会をお断りすることもあるんですよ。他の人の迷惑になりますからね」

会長の口調が少し居丈高になった。

女性の顔に不安そうな表情が浮かんだ。それでなくても会長の風貌は、細面で厳めしいのだ。

「それからもう一つ、大事なことがあります。この会では月に一度日帰りの吟行を行っていま す。出欠は自由です。でもね、出ると言っておいて黙って欠席するようなことは困ります。費用が絡んできますのでね。場合によっては、辞めてもらうこともあります」

会長はさらに断固とした口調になった。

百合子は女性が少し後退りしたような気がした。

何も今、見学に来た人にそんなことを言わなくてもいいのに、と思いながら百合子は聞いていた。

会長から強い言葉を浴びた女性は、

「少し考えさせて下さい」

と小さな声で言って、そそくさと帰っていった。

あの女性は多分会には入らないだろう、と百合子は思った。

せっかく入りたいと思ってやってきた人に、会長はどうしてあんな居丈高な態度を取るのだろう。ただ会長として威張りたかっただけなのだろうか。もし相手が男性でも同じような態度を取るのだろうか。そんなことを思う百合子の中に、もやもやとした不快感が残った。

会は四時に終わった。後片づけをして、百合子は駐車場に向かった。アスファルトの上で直射日光を浴びた車の中は、耐えがたいほどの暑さになっていた。

エアコンを点けながら整形外科に向かう。もう何十年も通っている医院だった。何十年といってもそうしばしば行くわけではない。けれどかつてテニスをしていたので、捻挫したり、肉離れを起こしたり、テニス肘になったりと、ふつうよりは頻繁に通っている。院長とは顔馴染みだった。

百合子が診察室に入っていくと、院長は笑みを浮かべて、

「今度は何？」

と、訊いた。

百合子は椅子に腰を下ろしながら、

「足がつるんです」

と、答えた。

夜寝ているときに、寝返りを打った瞬間ふくらはぎや爪先がつる。あまりの痛さに目が醒めて、しばらく眠れなくなる。

そう説明すると、院長は、

「足だけ？」

と、気軽に言った。

百合子が頷くと、

「足だけならまだいい方ですよ。僕なんか手もつりますからね。しかも昼間のこともあります。まあ、加齢によるものでしょう。仕方ありませんね」

さばさばしている。

加齢と言われて、百合子は改めて院長の顔を眺めた。髪は半白だし、顔の皺も深い。しかし現役で仕事をしているせいか、肌はつやつやしているし、表情も若々しい。

それでもこの人もつるのか。そう思うと、少し気が楽になった。が、予防の方法があれば知りたい。

「加齢のせいということですが、その他の原因は分からないんでしょうか」

一応訊いてみた。

すると、

「分かりませんね」

またさっぱりとした答が返ってきた。が、そのあとで、

「命に関わるようなことじゃないので、誰もそんな研究はしていないんですよ。でも冷えと関係があると言う人はいます。うちの患者さんで、長年同じことで悩んでいる人がいるんですが、その人には漢方薬を処方しています。彼の場合はその薬で改善しているようですが、誰に

でも効くかどうかは分かりません。一応同じ薬を出してみますか」

と、言った。

百合子は嫌とも言えず、黙って頷いた。

結局、袋一杯の漢方薬を貰って、整形外科をあとにした。今一つすっきりしなかったが、命に関わることじゃないと言われて、取りあえずほっとしていた。が、加齢が原因ということであれば、今後も悩まされることになる。その点は少し気が重かった。

医院から真直ぐ家に向かった。スーパーに寄る時間はなかった。百合子は毎日規則正しい生活を送っている。食事の時間も寝る時間もほぼ決まっている。好きでやっているわけではない。食事時間を決めているのは胃が弱いからだし、寝る時間を決めているのは不眠を防ぐためだ。

スーパーに行かなくても、食材の心配はいらない。冷蔵庫の中は乳製品、大豆製品、野菜で満杯だし、冷凍庫の中は肉、魚、冷凍品で一杯である。何日籠城できるのか、と自分でも呆れるほどである。

家に着いて玄関を開けると、もわっとした空気に覆われた。半日閉めきっていた家の中には、暑く重たい空気が充満していた。

居間に置いてある温度計を見ると、三十四度を超えている。すぐに冷房を点けた。

その足で仏壇の前に行く。

「ただいま。きょうは朝からいろいろあって、大変だったのよ」

と、夫の位牌に向かって話しかける。

「おばさんが一人で世の中を渡るって、結構大変なのよ」

と、言ったあとで、

「もうおばさんじゃないわね。立派なおばあさんよね。どこから見ても」

と、言いなおした。

仏壇からの返事はない。

虫

〝蝶も美しいが金蝿も美しい〟

金蝿を研究する人が、新聞紙上で語った言葉だった。研究する理由を記者に尋ねられて、そう答えていた。三十年以上も前のことだ。加藤はなぜか今もその言葉を忘れずにいた。

しかし加藤自身が金蝿に興味があるというわけではなかった。蝿と聞いてまず目に浮かぶのは、子供のころの台所風景だ。そのころはどこの家にも網戸などなかった。窓を開ければ蚊も蝿も家の中に入り放題だった。そもそも蝿の数自体が、今よりずっと多かったように思う。

その蝿を取るために、台所の天井からは幾つもの蝿取り紙がぶらさがっていた。表面がべとべとした飴色の細長い紙だった。時の経過とともに、紙に張りつく蝿の数が増えていく。やがて隙間がない程にびっしり蝿が張りつくと、紙は新しいものに取りかえられる。

そうした蝿の中に、ふつうの蝿より一回り大きな蝿が混じっていた。しかもその蝿は背中が緑色の光沢を放っているのだった。それが金蝿だった。おぞましさはふつうの蝿の比ではなかった。

その金蝿を美しいと思う人がいる。加藤はその人の精神のありように、少なからぬ興味を覚えたのだった。


そんな昔のことを思いだしたのは、これから会いに行く友人と無関係ではないだろう。

加藤は今、新幹線から特急に乗りかえて山陰に向かっている。そこに大学時代の友人がいるのだった。友人は大学で虫の研究をしている。会って話をする前に、彼の研究室を見せてもらうことになっていた。

加藤は今年六十五歳になる。来春には退職することが決まっていた。六十歳まで商社で働き、今は関連会社の役員になっている。

退職を目前にしているのに、これからやるべきことが決まっていない。趣味やサークル活動に時間を費すのは嫌だった。報酬は伴わなくていい。ただ何か人の役に立つことがしたかった。

そう思う一方で、気分が沈みがちな自分もいた。ふとした瞬間に自らの肉体の衰えや頭脳の衰えのことが、頭に浮かぶ。自分が少しずつ醜くなっていく。無能になっていく。そんな気がして、不安になるのだった。

そうした日々を送っていたある日、一人の友人の顔が浮かんできた。村上という友人だった。ずっと賀状のやりとりはしているが、何年も会っていない相手だった。

加藤は仕事がら海外赴任が長かった。海外への出張も多かった。自宅は東京近郊にある。一方の村上は幾つかの大学を転々としたあと、今の大学に落ちついた。そんな地理的な隔りもあって、なかなか会う機会がなかったのだった。

二人は同じ大学で同学年だった。が、学部は違う。加藤は経済学部だったし、村上は農学部だった。普段の生活だけなら接触の機会はない。けれど彼らはサークルが同じだった。テニスのサークルで、決まりや制約などもあまりない、緩い集まりだった。

それでも皆テニスが好きであることは共通していて、授業の後や土日など週に何回もコートで顔を合わせた。緩い集まりだからか、雰囲気も和やかだった。遊ぶことにも熱心だった。お花見、暑気払い、忘年会など、何かと理由をつけては集まって遊んだ。

何十人もいた会員の中で、加藤が村上と親しくなったのは、お互いがあまり似ていなかったからかもしれない。性格も似ていなかったし、将来進もうとしている道も大きく違っていた。

加藤のいる経済学部には、卒業したら競争社会に飛びこみ、そこで生きぬくことを当然と考える者が多かった。加藤もその一人だった。しかし同時に加藤の中には、そういうものと無縁でありたいと思う何かも存在していた。

加藤の目には村上が、自分が心奥で願っている生き方をする人間であるように見えた。村上はいつも遠くを見るような目をしていた。若いのにどこか飄飄とした雰囲気を漂わせていた。その雰囲気に加藤は惹かれたのだった。

あるとき加藤が、

「卒業したら、どんな仕事に就くんだ」

と訊いたことがある。

村上の答えは、

「大学院に進んで、研究者になる」

というものだった。

「どんな研究をするんだ」

重ねて訊くと、村上は、

「虫」

と、短く答えた。

加藤は一瞬言葉に詰まった。多分浮世離れした研究をするのだろうと予想はしていた。が、虫とは思わなかった。やがて気を取りなおし、

「どんな虫だ」

と、尋ねた。

「まず蜘蛛をやりたい。蜘蛛はおもしろい。しかしみみずにも興味がある。なめくじについても調べたい。一番好きなのは蝶だけど、それは最後の楽しみに取っておく」

その返事を聞いて、加藤は、

「そうか」

と言ったきり、言葉が続かなかった。

しばらくして、

「本当に虫が好きなんだな」

と、間の抜けたことを口にした。

「そうだな。好きだ。子供のころから好きだった。家の庭や近くの公園でよく虫取りをした。田舎の祖父母の家に行くのが楽しみだった。周りに田圃や森があって、虫の宝庫だったからな」

普段自分のことはあまり語らない村上が、珍しく冗舌になった。

そんな村上の顔を眺めながら、加藤は何となく羨ましいような気がしていた。自分の一番好きなことを仕事にできるのは、幸せなことに違いないと思った。

加藤は自分が子供だったころ、何が好きだっただろう、と考える。メンコも缶蹴りもビー玉も好きだった。勝ったり負けたりするのが好きだった。友達とよく喧嘩もした。が、すぐに仲直りし、苛められたりすることはなかった。

今思えば友達とのそんな遊びや喧嘩を通して、人間というものを学んだような気がする。相手を観察し、判断し、どう接すればうまく付きあえるかを決める。子供のころから、加藤がもっとも興味を抱いていたのは、人間だったような気がした。自分はこの先、人と人との間で何かをなす仕事に就くのだろうな、とそのとき加藤は思ったのだった。

「虫取りをするときは、誰かと一緒だったのか」

ふと思いついて訊いてみた。

「いや一人だった。初めは友達と一緒に出かける。でもそれぞれが夢中になって、好きな方へ走っていってしまう。だからいずれ一人になる」

村上が答えた。

「そうだろうな。一緒にいるためには、どちらかが相手の動きに合わせなくちゃならないからな」

加藤の言葉に、

「そういうことだ。ぼくは相手に合わせるのも、相手にそうさせるのも嫌いだ。だからいつも一人でいることになる。しかしそれを嫌だと思ったことはない」

村上は淡々と応じた。

そんな風に、いろいろな点で違う村上が、なぜか加藤は好きだった。村上が加藤をどう思っていたかは分からない。が、二人でよく話をしたし、呑みに行ったりもしたから、嫌いではないのだろうと思っていた。


退職を前にして村上に会いたくなったのは、加藤の中で村上に対する思いが、学生時代と変わっていなかったからだ。

村上なら自分とは違う状況にあるのではないか。同じように老境を迎えつつあるにしても、自分とは受けとめ方が違うのではないか。何か背中を押してくれるような言葉が聞けるのではないか。そんな期待があったのだった。

特急を下り、加藤は駅前からタクシーに乗った。村上のいる大学名を告げて、座席に身を沈める。携帯電話で村上に到着を知らせた。

タクシーの窓から外を眺めると、十月半ばの空気の色が優しかった。遠くの空に、薄く掃いたような鱗雲が広がっていた。

大学の正門前でタクシーを下りると、白衣姿の村上が待っていた。

「遠いところをよく来たな」

村上が笑顔で言った。

何年も会っていないのに、そんなことを感じさせぬ柔らかな笑顔だった。

「こちらこそ、忙しいところに突然お邪魔して申しわけない」

加藤がほっとしながら答える。

「いや、忙しくはない。ぼくも定年が遠くないから、少しずつ店仕舞している」

村上が言った。

「そうか」

加藤は改めて自分達の年齢に思いを至しながら、感慨を覚える。

二人は村上の研究室に向かって歩きはじめた。

「どうってことのない造りだろう」

周囲の建物を見回しながら村上が言う。

「うむ。確かにそうだな。おまえには悪いが」

加藤が答える。

構内には何の趣もないコンクリートの四角い建物が並んでいた。

「別に悪くはない。ぼくのものというわけじゃない」

村上が笑いながら応じた。そして、

「日本の大学は概ねこんなもんだよ。いつもは見慣れていて何とも思わないが、学界で外国に行ったりすると、その殺風景さがよく分かる。オックスフォードやボストンに行ったときは、少なからぬショックを受けたよ。どちらも大学の建物一つ一つが美しい。その上街全体が大学と一体になった造りで、落着いた趣があるんだ。こんな街で何年か暮らしてみたいと思ったもんだよ。日本の大学とは歴史が違うから仕方がないが」

と、続けた。

「そうか。知らなかったな。ぼくは仕事がらいろいろな国に行ったが、大学街とは縁がなかった。退職したら一度訪ねてみるか」

加藤が応じる。

今は講義の時間帯なのか、周囲に学生の姿はあまりなかった。

村上の研究室は構内の奥まったところにあった。途中で目にしたものと同じような殺風景な建物だった。あまり日も差さないのか、周囲の空気が何となく湿っぽい。建物の脇に、大きな椎の木が一本立っていた。

研究室は四階建ての三階にあったが、エレベーターはなかった。階段を上る途中で、何人かの若い男女と擦れちがった。皆村上に一礼していく。大学院生か研究生なのかもしれない。

加藤は村上がこの大学の教授であることを、改めて思いだした。村上の飄飄とした偉ぶらない様子を見ていると、つい忘れそうになる。

研究室は加藤の予想したものとは、かなり違っていた。臭くもなかったし、うるさくもなかった。部屋の中央に読み書きや作業のできる机が、寄せあうように置かれていた。周囲の壁に添って、大型冷蔵庫のような物が幾つも並んでいる。その冷蔵庫のような物の扉は透明で、中が透けて見えた。

「これ、人工気象器っていうんだ」

村上が説明した。

温度や湿度が、特定の自然気象に似せて保たれているという。加藤が覗くと、中は幾つもの棚になっていて、平たいプラスチックの箱がぎっしりと収められていた。そこには様々な虫が入っていて、皆生きているという。加藤は改めて眺めてみたが、何という虫なのか分からぬものばかりだった。

加藤が見ている虫について、村上が簡単な説明をした。が、加藤の頭にはほとんど入ってこない。虫を研究する人間に興味はあったが、虫自体に興味があるわけではなかった。

加藤の様子を見ていた村上が、

「そろそろお茶を飲みに行こう。ここでは話ができない」

と、言った。

加藤はほっとして頷いた。

村上が案内してくれたのは、構内にある軽食堂だった。教職員や学生が昼食などに利用する施設のようだった。近くには本屋や文房具の店などもある。

店内には中年男性二人と若い男女数人の姿があるだけだった。昼時は過ぎていたが、まだ夕方には届かぬ中途半端な時間だった。

二人は空いたテーブルに腰を下ろした。が、村上がすぐに、

「ちょっと待っててくれ。コーヒーでいいか」

と言いながら、立っていった。

やがてカップを二つトレイに乗せて戻ってきた。セルフサービスの店らしかった。

コーヒーを一口二口飲んだところで、

「何か話があるんだろう」

と、村上が言った。

加藤は頷きながら、

「今、迷っている」

と、答えた。

迷っているとは答えたものの、自分が何を迷っているのかさえ、はっきりとは分かっていな

かった。自分の中にはまだ何かをするエネルギーが充分に残っているような気はしていた。しかし一方ではもう何もしたくないような気もしているのだった。

「退職が決まってから、何か虚しくてな」

加藤が呟く。

「そうか」

村上はそう応じただけで、そのあとしばらく何も言わなかった。

やがて、

「難しいな。それに答えられるだけの知恵も経験もぼくにはない」

と、続けた。

淡々とした口調だった。が、突きはなすような響きはなかった。

加藤はその答に少しほっとしていた。もしも分かったようなことを言われたら、却って反撥を感じたかもしれない。

「自分の生きてきた道に後悔があるわけじゃないんだ」

と、加藤は言った。

「いろいろな国に行けたし、何年かはそこで暮らすこともできた。結構おもしろい人生だったなと思っている。それに外国に車を売ることで、多少は国の経済に貢献できたような気もしている。しかしおれの人生って、いったい何だったのかなと思う気持も拭えない。六十五年なんて本当にあっけなかったなと感じるんだよ。それなのに残された時間は長くない。何となく理不尽なような気がしたりする。そんな状態で前に進めないいんだ」

「そうか」

と、村上はまた応じた。それから、

「ぼくだって似たようなもんだ。ぼんやり庭の草を眺めているときや、西の空に浮かぶ雲を見ているときなんかに、自分のやってきたことって何だったのかな、と思ったりする」

静かに言った。

加藤が呟く。

「おまえなら、きっとおれとは違うんじゃないかと思ったんだがな」

「そうでもない。おまえの言う意味とは違うかもしれないが、ぼくにも迷いはある。あれは何年ぐらい前だったかな。急に虫を殺すのが嫌になった。研究のためとはいえ、勝手に生き物の命を奪っていいのか、と思った。そう思ったら、殺すのが恐くなった」

村上はそう応じて加藤の顔を見た。

けれど加藤はすぐに答がみつからず、ただ、

「そうか」

とだけ小さく言った。

村上の述懐には安易な返事など寄せつけぬような、強い思いが籠もっていた。

村上はそれ以上加藤の答を待たず、すぐに続けた。

「何年も虫を研究しているうち、自然に地球のことを考えるようになった。ぼくは無宗教だから、神だの何だのを持ちだす気はない。しかし地球の生態系を知るにつれて、無駄なものなど何一つない精巧な造りに感嘆した。その完結したような地球の成員を殺すことに、怖れを感じたんだ」

「それじゃ仕事に差しつかえるだろう」

加藤が言うと、

「そうだな。しかし殺さなくてもできる仕事はある。虫の分布の変化を調査することにした。日本中のね。これだけ地球の気候が変われば、当然虫の分布も変わる。そういう調査なら、虫を殺さなくてもできる」

「そうか。どんな道にも迷いはあるんだな」

加藤が呟くと、

「せっかく会いに来たのに、がっかりしたか」

村上が笑って言った。

「いや、そんなことはない。迷いなく一筋に生きてる人間がいるんじゃないかなんて思ったおれの方が、どうかしてる。それにおまえの話を聞いて、これまで自分が人間のことしか考えてこなかったことに気がついた。地球は人間のものだ、とどこかで思っていたんだな。他の生き物は人間のためにある、と思っていたような気がする」

加藤が言うと、村上はそれには答えず、

「ここじゃ何だな。あんまりゆっくり話ができない。どうだ、席を移さないか」

と、提案した。それから、

「今晩の予定はどうなってるんだ」

と、尋ねた。

「特にない。駅前のホテルは取ってある」

答えると、

「そうか。それじゃ、どこかで一杯呑もう。駅の近くに魚のうまい居酒屋があるんだ。呑むには少し時間が早いけど、今から行ってみるか」

村上が言った。

「そりゃいいな」

加藤がすぐに応じた。声が少し弾んでいるのが自分でも分かった。

軽食堂を出ると、村上は着替えのためにいったん研究室に戻っていった。正門前で落ちあうことにして、加藤は一人ぶらぶらと構内を歩きはじめた。

建物の善し悪しは別として、大学にはやはり独特の雰囲気がある。実社会とは違う匂いがある。研究者や職員もいるが、圧倒的に多いのは学生だ。その学生達が放つ、若さと自由の匂いがある。人生に踏みだす前に許された自由の匂いだ。

そうは言っても、その自由は楽しいことばかりではないだろう。加藤の大学時代を振りかえってみても、楽しいことと苦しいことが相半ばしていた。もっとも苦しかったのは、自分が何者であるか分からぬことだった。本を読み、友人達と議論し、自分が何者であるのか考えつづけた。それでも答は見つからなかった。

が、今思えばそんな苦しいときにも、目の前にはいつも明るい光が差していたような気がする。どこかで未来は開けていると感じていた。自分の歩む先には無限の時間があると信じていた。人生が有限であることを、頭では理解していた。けれど、実感はしていなかった。

このごろ加藤は、テレビのニュースで何十年先の計画などというものを見聞きすると、そのころおれは生きているだろうか、とふと考えている。そんなとき、自分の死というものが現実味を帯びて迫ってくる。人生が有限であるということが、皮膚感覚として感じられた。

正門前に着いた。村上を待つ間、見るともなく目の前を通る人々を眺める。講義が終わったのか、大勢の学生達が通りすぎていく。男女比は半々といったところだった。

すらりと背の高い者もいれば、ずんぐりと不恰好な者もいる。整った美しい顔立ちの者もいれば、そうでない者もいる。目には見えないけれど、能力の高い者もいれば、そうとは言えぬ者もいるだろう。この世を生きやすい性格の者もいるだろうし、そうでない者もいるに違いない。

一人ひとりがそれぞれに与えられた資質によって、それぞれの生を歩むことになる。その与えられたものは、決して公平とは言えぬ気がした。しかし恐らく彼ら自身はそんなことは考えていないだろう。若さとはそういうものだ。加藤は心の中で、見知らぬ彼ら一人ひとりにエールを送った。

「やあ、待たせたね」

村上の声がした。

村上はカッターシャツとジャケットに着替えていた。

「いや、学生達を眺めるのはおもしろかった。若いというのは、それだけでまぶしいもんだな」

加藤が言うと、

「そうか。ぼくは毎日見てるから、あんまりそういう感慨はない。逆に今のうちにもっと勉強したらどうだとか、時間を無駄にするなとか、そんなことを思ってしまうよ」

村上が答えた。

「そんなものかな」

加藤はそう応じて少し笑った。

村上が呼んだタクシーに乗って、二人は街の中心部に向かった。繁華街の入口でタクシーを下りる。通りの両側に、様々な造りの店が軒を連ねていた。時間が早いせいか、通りを歩く人の姿は少ない。

村上が案内してくれたのは、居酒屋としてはかなり大きな店だった。といっても間口はそう広くはない。しかし中に入ると奥行きがある。奥へ奥へといったいどこまで続くのかと思うような造りだった。加藤達の他に、客の姿はまだなかった。

いらっしゃいという威勢のいい声に迎えられて、カウンター席に案内される。カウンターの中は案外広く、数人の料理人が忙しそうに立ちはたらいていた。仕込みの最中らしかった。

「平日でも予約で一杯のときがある。さっき電話したら、運よくカウンター席が空いていた」

村上が言う。

「そうか。それはよかった」

答えながら加藤は店内を見回す。

カウンター席の他に、テーブル席も幾つかある。奥の方にももう一つカウンターがあった。個室らしきものも見えた。

作務衣を着た女性がやってきて、箸や小皿、お絞りを置いていった。仕種がてきぱきしていて、余計な愛想などはない。が、粗雑でもなかった。

「とりあえずビールを頼むか」

村上の言葉に加藤も頷いた。

二人はビールを呑みながらメニューを眺めた。

「もう蟹が食べられるはずだ。これは是非味わってもらいたい」

村上が言う。続けて、

「白海老の天麩羅もうまいよ。刺身も地物でどうだ」

と言う。

「任せるよ。おれはうまい物なら何でも歓迎だ」

加藤が応じる。

注文した料理は適度な間を置いて運ばれてきた。食べおわるのを誰かが見ているような間合だった。料理はどれもうまかった。

ビールのあとは村上の勧める地酒を頼んだ。いつの間にか店内には他の客の姿が増えはじめていた。

二人はしばらく大学時代の友人達の消息を伝えあった。サークル仲間に限られるが、それでもサークルの人数が多かったから、共通の友人は案外多い。

話が一段落したところで、

「さっき退職後のことで迷っていると言っていたな。何か考えているのか」

村上が尋ねた。

「考えていなくもないが、まとまらない」

そう答えたあと、加藤は意を決して、

「どこか今まで行ったことのない国に行って、日本語を教えるのはどうかなと思ったりしている。そのためには日本語教師の資格を取らなくちゃならないが、それは何とかなるんじゃないかと思う。商売だの損得だのを抜きにして、その土地の人々の暮らしに接してみたい」

と言った。

「たとえばどんな国を考えているんだ」

村上が訊く。

「そうだな。漠然と考えているのは、シルクロードのどこかだ。日本とあまり馴染みのない国がいいかなと思っている」

「そうか。おもしろそうじゃないか。何を迷ってるんだ」

「一人で行くことになる。家内はもう外国には行きたくないと言っている。あなたに付きあって、もう充分外国暮らしはしたからって」

「そうか。見知らぬ国に一人か。それはちょっと厳しいな」

村上が少し考えながら答える。

「まあ、厳しいとは思うが、それは何とかなるだろう。一年か二年のことだしな。しかしそう思う一方で、何もわざわざ見知らぬ国に行って、苦労しなくてもいいんじゃないかなんて思ったりする」

「そうか」

と応じて、村上はしばらく黙った。それから、

「ぼくはね、退職したら南米に行こうと思ってるんだ。今考えているのはコスタリカだ。あそこにはまだ人間が踏みこんだことのない密林がある。虫の宝庫と言われている。未知の昆虫も少なくないようなんだ。それを探してみたい。もし見つけたとしても、採集して標本にしたりはしない。写真を撮るだけで、すぐに放す。そんなことを考えていると、子供のころのわくわく感が甦ってくる」

と、言った。目が少し輝いたような気がした。

「それはいいな。しかし奥さんは反対しないのか」

加藤が問う。

「しない」

村上は即座に答えた。そして、

「行くといってても何年もってことじゃない。一年のうち半分ぐらいをコスタリカで過ごし、半分は日本に帰ってくる。それにね、ぼくの妻は仕事を持っていて、独立心のある人なんだ。結婚するときも向こうからプロポーズしてきた。プロポーズされたとき、ぼくは将来とも高収入は見込めないし、結婚で自由を奪われるのも嫌だと言ったんだ。そうしたら彼女はぼくの収入も家庭での手助けも当てにしないと答えた。ただ子供の父親になってくれればいいからって」

と、続けた。そのあと、

「まるで種馬だな」

と、付けくわえた。

「それは惚けか」

加藤が応じると、

「違う。ただうちの状況を説明しただけだ。今言ったような形で結婚したけどね、子供達が生まれるとぼくの方が変わった。人間の成長の過程を見るのがおもしろくなった。頼まれもしないのにミルクを飲ませたり、一緒に遊んだりした。少し大きくなるといろいろなことを教えた。いろいろと言ってもぼくが教えられるのは、虫のこととか地球のこととか、宇宙のことに限られる。妻はそれについても何も言わなかった。多分人間に関することやこの世を生きる知恵なんかは、自分が教えればいいと思ってたんだろうな」

村上は淡々と言った。

「しかし、いろいろな夫婦がいるもんだなあ」

加藤が言う。

「そうだな。そんな訳でぼくの妻は初めからぼくにあまり期待していない。ぼくの今後の計画についても何も言わない。南米に行ったきり帰ってこなくていいとまでは思っていないだろうが、止めるようなことはいっさいない」

村上はそう言って笑った。

そのあと少しまじめな顔になって、

「ぼくはね、このごろ人間がこれ以上地球を汚しちゃいけない、とよく考えるようになったんだ」

と、言った。

「昆虫の分布を調べるとね、彼らの生息地が人間のやることに大きく影響されるのがよく分かる。人間は自分達の命が地球上で一番重いと考えている。それは自然なことだし、虫の命が人間の命と同じだなんて言う気はない。しかし虫に限らず他の生き物を生存しにくくしたつけは、いずれ人間に回ってくる。ぼくはそれを恐れるよ」

村上の顔は静かだった。悲愴感もなかったし、憤りもなかった。が、かえってその静かな言葉が加藤の胸に響いた。

「おまえの話を聞いてるとね、普段自分がどんなに狭い世界に生きてるかを思いしらされるよ。おれの世界はね、仕事と自分の家庭、子供達の家庭、そんなことだけだ。地球について考えることなんて、まずない。おまえの話を聞いてるとね、自分の頭の中が何となく広くなったような気がするよ。おれの退職なんて、そう大騒ぎすることじゃないんじゃないかって気がしてくる」

加藤は言った。

「そうか。そんなつもりはなかったんだがな。ぼくはぼくの関心事について話しただけだ」

村上はまた静かに応じた。

「分かってる」

村上の話には加藤の思いに直接答える言葉はなかった。それでもなぜか加藤の中には、柔らかな安堵感が広がっていた。

しばらくして、

「人間は地球上でいつまで生きのびられるのかな」

と村上が呟いた。

「そうだな」

加藤も少し広くなったと感じる頭の中で、思いを巡らせる。思いを巡らせること自体が、加藤の心を慰撫してくれるようだった。

そのあと二人は茶漬けを頼み、また少し共通の友人の話などをした。そのころには店内はもう満席になっていた。

やがてほどよく酔いが回ったところで、二人は居酒屋を出た。加藤が泊まる予定のホテルまで並んで歩いた。加藤を送ったあと、村上は駅前からタクシーに乗るという。

ホテルの前までくると、村上は、

「じゃあな」

と言って、あっさり別れていった。

一瞬加藤の中にホテルのラウンジで一杯どうだ、と誘いたい気持が動いた。が、すぐに思いなおした。村上はそういうことを好まないだろうと感じた。きっとあしたもまた決まった時間に起きて、決まった時間に研究室に向かうのだろうと思った。

加藤はホテルの部屋に入ると、服を着たままベッドの上に横になった。まだ寝るには早かったし、酔いの気だるさもあった。

じっと天井を眺める。目は天井に注がれていたが、見ているのは自分の内奥だった。けさ自宅を出たときより、気持が軽くなっているのを感じた。先のことを何か決められたわけではなかった。けれど、自分の前にはもう老いと衰えしかないという思いは、薄らいでいた。

ふと初めての海外赴任から帰ったときのことを思いだした。五年ぶりに本社に戻ったとき、見憶えのある同僚達がまだ多数そこに残っていた。その同僚達の顔を見て、加藤は大きなショックを受けたのだった。彼らの顔には一人の例外もなく、五年という時間の経過が刻まれていた。人間が時とともに老いるということを、頭では理解しているつもりだった。しかしそのことを多数の人間の顔を通して目の辺りにしたとき、加藤は驚きを通りこして怖れを感じた。

そのときのことを思いだしながら、誰にも時間を止めることはできないと加藤は思った。人は少しずつ老いていく。そしてその先にあるものが死だけだとしても、後《うしろ》に戻ることはできない。立ちどまることさえ許されない。そうであるなら前に進むしかないではないか。

そう思っても、前ほど気持は揺るがなかった。この先に見えてくるものを、しっかり見てみようという覚悟のようなものが生まれていた。

こぬか雨

住宅地を歩いていて、ふと足の止まることがある。そんなとき和歌子の視線の先にあるのは、決まって少し荒れたような庭だった。荒れたというよりは、自然に任せたという方が、当たっているかもしれない。

そしてそういう庭には、大抵日が差していない。そのせいで庭全体に蔭りを帯びた静かな空気が流れている。蔭った空気の下に生える草木は、しっとりと濡れているように見えた。

庭の奥には古めかしい家が建っていることが多かった。けれどその家に寂れた感じはなく、どこかに人の気配があった。

古い景色。立ちどまる和歌子の頭に、ふとそんな言葉が浮かぶ。が、すぐに景色に古いも新しいもないと思いなおす。そんな感想を抱いたのは、今目にしている景色に、不思議な懐かしさを感じたからだった。

そう気が付きはしたけれど、これまでに似たような家に住んだ記憶はない。近所に同じような家があったわけでもない。それなのにどうして懐かしいと感じるのだろうか。

再び歩きはじめながら、和歌子は考える。そんな些細なことにこだわったのは、その懐かしさが一通りのものではないからだった。胸を締めつけられるような、涙が滲んでくるような懐かしさだったからだ。

人には意識を超えた記憶というものがあるのだろうか。これまでどこかで目にしたのに忘れている景色とか、映画やテレビで観た景色とか。そういうものが頭のどこかに残っているのだろうか。ふとしたきっかけでそれが呼びさまされるのだろうか。

そんなことも思ってみる。けれどそれで合点がいったわけではない。ただ強い郷愁の念だけが胸一杯に残った。


由子の家を初めて訪れたときも、同じような感覚に囚われた。門の中にある草木が、日蔭の空気の中でひっそりと息づいていた。家も程よく古びている。家の主である由子に会う前に、和歌子はすでにその家に好意を抱いていた。

由子の家は千葉市郊外の住宅地にあった。その住宅地自体は、できてからまだそれほど歳月が経っていない。しかしなぜか由子の家がある一帯だけは、古めかしい家が並んでいるのだった。もしかしたらこの一帯の住人だけが、開発業者の買収に応じなかったのかもしれない。

が、そんな立ちいったことを尋ねるわけにもいかない。理由は分からぬままだった。

和歌子は週に一度、ボランティアとして由子の家を訪ねている。訪ねはじめて半年になる。改めて数えてみれば、もう相当数訪ねていることになる。

由子は今年九十歳になるが、一人暮らしをしている。娘と息子が一人ずついて、二人とも東京で家庭を持っている。週末には交代で訪ねてくるようだった。それでも由子は多くの時間、一人で過ごすことになる。

二年前に大病をして以来、肉体的には大分衰えたようだった。それでも施設に入ることは好まず、一人暮らしを続けている。週に三回は家事手伝いの人を頼んでいる。日常の生活はそれで何とかなっているようだった。

和歌子が担っているのは、そうした実際的な手助けではなく、ただ話し相手になることだった。話し相手といっても、お互いに話をするわけではない。ほとんどは由子の話の聞き役になる。

自由に外出できなくなった一人暮らしの老人は、人と話をする機会が少ない。子供達が訪ねてきたとしても、実際的な用事に時間を取られるのだろう。じっくり話をする機会は、案外少ないのかもしれない。

それに親子故にかえって話しにくいこともあるに違いない。家事手伝いの人は、まして話などしている暇はないだろう。そうした諸々の事情の下、和歌子は由子の話し相手として通っているのだった。

それは和歌子が個人でやっていることではなかった。孤独な老人の話し相手になることで、少しでも気を晴らす手伝いをしたい。そんな趣旨で作られたボランティアの組織がある。和歌子はそこに所属しているのだった。

和歌子自身は定年まで、司書として働いてきた。自分の親達が最期を迎えるころは、子育てと仕事の両立に追われていた。限られた時間の中で選択を迫られたとき、親達の世話よりは、自分の家庭や仕事を優先してしまった。何もしなかった訳ではないけれど、充分なことをしたとはとても言えなかった。

子供達が巣立ち、仕事でも定年を迎えたとき、和歌子の中で悔いが膨らんだ。親達に尽くさなかったという思いが強くなった。そして思いたったのが、このボランティア活動だった。従って、活動を通して慰められているのは、老いた人というよりは和歌子自身だった。

今担当している由子も、その年代としては珍しく職業人として生きてきた人だった。東京の区立中学校で教師をしていた。大変知的な人で、九十歳になっても老耄の兆はまったくなかった。

由子の夫は七年前に亡くなっている。夫は都庁に勤める公務員だったという。二人は双方が定年を迎えたあと、現在の地に家を建てて引越してきた。

「幾ら共働きでもね、都内に一戸建てを持つのは難しかったのよ。わたし達が定年を迎えたときは、まだバブルのころでね。不動産がとても高かったの。でも歳をとってから、庭のないマンションで暮らすのは嫌だったのよ。だから借金をしないで家を建てられる土地を探してたら、出会ったのがこの辺りなの。縁もゆかりもない所だったけど、思いきって買ったのよ。でも心配するには及ばなかったわ。住んでみたらとてもいい所だった」

由子は言った。

「うちが越してきたころはね、この辺りはまだかなりの田舎だったのよ。ちゃんとしたレストランもなければ、洋品店もなかった。駅まで行く途中には牛舎があったぐらいよ。乳牛がたくさん飼われていてね、前を通ると臭かったものよ。牛舎の周辺は田圃だったんだけど、そこで大規模な発掘調査があったりしたわね。千葉は温暖な気候だから、古代の遺跡が多いらしいわ。それにこの辺りには、手付かずの土地が一杯あったから、テニスコートみたいなものは作りやすかったのね。この近辺だけで、テニスクラブが三つもあったのよ。少し離れたところには、県営のスポーツセンターもあったしね。今はなくなってしまったけど。この町にお店はなかったけど、千葉駅まで行けば、デパートがあったし映画館もあった。大きなコンサートホールだって、二つもあったのよ。主人と二人で老後を過ごすには、充分な所だったわ」

そんな話もしていた。

その日、和歌子がインターフォンを押したとき、由子はいつものように張りのある声で応答した。しかし玄関から姿を現すまでには、かなりの時間が掛かった。普段話をしているときは、あまり老いを感じさせない。が、こういうときはやはり年齢を思わせる。

由子が出てくるまでの間、和歌子は門の中に咲く花を見ていた。濃いピンク色の五月《さつき》が咲いている。春の花が一段落したこの時期、鮮やかなピンク色の花が大層目立っていた。

和歌子は自分で門を開けて中に入ろうとは思わなかった。人が勝手に門を開けて中に入ることを、由子は好まないと思っていた。

由子は自分の来し方をよく話してくれる。けれど他人との一定の距離は決して縮めぬ人だ、と和歌子は思っていた。それは物理的な意味でも心理的な意味でも、同様であるような気がした。自分の方からそれを破ってはいけない、と和歌子は自戒していた。

しばらくして由子が姿を現した。小豆色のブラウスに薄いグレーのロングスカートを穿いている。相変わらずお洒落だった。いつだったか和歌子が服装を褒めると、

「だって、年寄りって肉体的にはもう美しいはずがないでしょう。せめて身形《みなり》ぐらい綺麗にし

ないとね。見る方に失礼だもの」

という返事が返ってきた。

訪問の挨拶のあと、和歌子が、

「お躰の調子はいかがですか」

と、尋ねると、

「まあまあね。年齢からすれば、どこかしら支障があるのは仕方のないことですもの」

と、由子が答えた。

二人で玄関に続く短いアプローチを歩く。アプローチの脇には、南天や万両、小手毬などが植えられている。それらの葉が瑞々しい柔らかさを見せていた。由子の家は純和風だったから、そうした草木がよく似合っていた。

家の外観だけでなく、中も和風だった。

「わたしも主人も和室が好きでね。洋室は一つも造らなかったのよ。今時珍しいでしょ」

と、言っていた。

食事も畳の上に正座して摂っていたという。確かに珍しい。和歌子などは五分も正座すると、足が痛くなる。

いつもの茶の間に通された。十畳ほどの和室だった。が、茶箪笥や仏壇、卓袱台などが置かれているから、そう広い感じはしない。卓袱台の前には、和歌子のために低い和室用椅子が用意されていた。由子は和歌子を案内するとすぐに、お茶を淹れに立っていった。

和歌子は茶の間の脇にある廊下の窓越しに庭を眺めた。レースのカーテンが開けてあって、庭がよく見える。木蓮、梅、山法師、楓などが植えられている。それぞれの樹が大きく育って、枝の先が触れあっていた。

樹々の間には、つつじや石楠花《しゃくなげ》などの灌木が植えられている。それらの間に隙間はなく、庭全体がちょっとした林のような趣を呈していた。

和歌子はこの庭を見るのが好きだった。

「きのう、久しぶりに主人の夢を見たのよ」

お茶の盆を運んできた由子が言った。

精神的に自律しているように見える由子も、夫を主人と呼ぶ。それがただ社会的な約束事として呼んでいるだけなのか、あまり抵抗を感じずに呼んでいるのか、和歌子には分からなかった。和歌子は夫を主人とは呼ばない。

「どんな夢でしたか」

和歌子が尋ねる。

「それがはっきりとは憶えていないのよ。でもね、主人がとっても楽しそうに笑っていたのは憶えているわ。わたしにとって、夢の内容はどうでもいいの。ただ主人が出てきてくれただけで嬉しいの」

由子が言った。

話のわりには淡々とした口調だった。お蔭で和歌子もあまり居心地の悪い思いをせずに済んだ。

由子はよく亡くなった夫の話をする。

「わたしね、とっても主人が好きだったのよ。結婚してから亡くなるまで、ずっと好きだったわ。主人が亡くなったときは泣いて泣いて、あるときふと鏡を見たら、瞼が垂れさがっていたのよ。まるで目が塞がったみたいになっていて、自分でもびっくりしたわ」

さらりとそんなことを言ったりもする。

「主人は昔からとても女性にもてたのよ。それはいいんだけど、職場の女性と二度も浮気をしたの。二度目のときはわたしもさすがに腹が立ってね、別れますって言ったのよ。そしたら主人が泣きながら謝ってね、別れたくないって言うのよ。それじゃ許しますって言ったけど、わたしには最初から別れる気なんかなかったの。何をされても、ただ主人が好きだったのね」

照れもせずにそんなことも言った。

由子の淡々とした口調と九十歳という年齢のせいか、和歌子はそうした話も楽しく聞くことができたのだった。

お茶を飲みながら庭を眺めていた由子が、

「死んだら、また主人に会えるかしら」

と、呟いた。

和歌子は黙っていた。生半可な返事はできない。これまでの経験から、由子が無意味な言葉のやりとりを好まないことを知っていた。そして今、和歌子には由子の問いに対する答はなかった。

「あなたはまだお若いから、死ぬことなんてあまり考えないでしょうね。でもね、わたしの齢になると、死はとても身近なものになるのよ」

由子は和歌子の沈黙を気にかける様子もなく言葉を続けた。

お若いと言われたけれど、和歌子ももう六十代半ばになる。自分が若いとは思っていない。しかし二十歳以上も年長の由子から見れば、和歌子は充分に若く見えるのかもしれない。

「わたしがこの世で関わった人の多くはね、もう亡くなってしまったのよ。夫、父母、兄妹、叔父叔母、祖父母、友人。ほとんどが亡くなったの。子供や孫はいて、あの人達の存在は大きな慰めではあるのよ。でもね、あの人達には大きな未来があって、それを見ながら生きてるでしょ。それにね、わたしが子供を生んだのは人より大分遅かったの。だから子供達はわたしの年齢のわりにはまだ若いのよ。わたしの置かれた状況はあの人達には分からない。あなただってお若いけれど、少しは齢が近いから分かってくださるかなって思うのよ。御迷惑かもしれないと思いながら、ついついお話を聞いていただいているの」

由子はそこで言葉を切った。けれど、和歌子の返事を待たず、すぐに話しはじめた。

「わたしね、祖父母や両親が亡くなるとき、できるだけ側にいたのよ。夫のときはもうずっと付添っていた。それなのに誰も死について何も言わなかったの。恐いとも悲しいとも寂しいとも言わなかった。どうしてかしらね。慎しみかしら、それとも諦めなのかしら。何か少しでも言葉を残しておいてくれたら、死について考える助けになったのにと思うのよ」

和歌子はその問いかけに対しても、答を持たなかった。答えられぬまま、由子の問いが和歌子の中に沈澱していく。

しばらくして、

「このごろね」

と、由子が言った。

「昔のことをついきのうのことのように思いだすのよ。子供のころ近所の野原で友達と暗くなるまで遊んだこととかね。東京でもあのころは野原が一杯あったのよ。子供達が大勢集まって遊ぶ場所には事欠かなかった。わたしはね、とてもお転婆だったのよ。ままごととかお人形遊びなんかは嫌いでね。男の子達に交って、ビー玉とか缶蹴りとかこま回しとか、そんなことばっかりしてたの。そのとき野原を包んでいた空気の色まで、はっきりと思いだすわ。暗くなって家に帰ると、母がかまどの前で奮闘してた。何しろ一家八人分の食事を一人で作るんですものね。炊事場に立ちこめる湯気の色や食べ物の匂いまで、思いだすわ。そういうものが、八十年も前のことだなんて、信じられないのよ。わたしが子供達を育てていたのは、それより何十年もあとのことになるけれど、記憶の鮮明さにおいては、そんなに違わないの。もしかしたら、ほんの数年前の記憶とも、そう違わないかもしれない。もちろん過去のことをすべて憶えているわけじゃないのよ。でもね、頭に強く刻まれた記憶は、どんなに時を経ても薄れることはないのかもしれない。今となってはね、どの時期の記憶も、同じような距離感で自分を取りまいているような気がするの」

呟くような話し方だった。

「もしかしたら、人の記憶というものはそういうものかもしれませんね」

和歌子が言う。

自分を振りかえってみても、思いあたることはあるような気がした。

「そういう鮮明な記憶に取りまかれているとね、わたしは本当に九十年も生きてきたのかしらなんて思うのよ。九十年なんて、過ぎてみると本当に短かったような気がする。あっという間だったたって気がするの」

由子がまた一人言のように呟いた。

それから少しの間を置いて、

「お茶を淹れかえましょう」

と言って、立ちあがった。

和歌子は、

「ありがとうございます」

と、あっさり答える。

儀礼的な遠慮の言葉などは口にしなかった。由子はそういうものを期待していない。むしろ嫌がるだろうと思っていた。

しばらくして、由子が新しいお茶と羊羹を乗せた盆を持って戻ってきた。

「わたしが子供のころはね、お八つは駄菓子しか貰えなかったのよ。たまに貰える和菓子が一番の贅沢だった。和菓子といってもせいぜい落雁とか羊羹ぐらいのことだけど。ケーキなんて見たこともなかったのよ。だから子供達にお土産は何がいいって訊かれると、ついつい羊羹て答えてしまうの」

由子が言う。

「わたしは和菓子も洋菓子もどちらも好きです。甘い物なら何でも」

和歌子が答える。

二人はしばらくの間、黙って羊羹を食べていた。半分ほど食べたところで和歌子が、

「本当においしいですね。甘さが絶妙で。小豆の味がよく分かります」

と、言った。

「そう。よかったわ」

由子が笑顔を見せた。

どこの品だとも由子は言わなかった。けれど、味の上品さからして、きっと名のある店のものなのだろうと和歌子は思った。

「わたしが育ったのはね、東京の下町なの。周りに住んでいたのは貧しい人ばかりだった。同級生の中にはね、尋常小学校を出たあと、色街に売られた人もいるのよ。その人のことは長い間思いだすこともなかったのに、このごろになってふと思いだしてね。あの人はどうなったのかな、と考えたりするの。もう亡くなっているかもしれないわね。それでもね、あまり困難な人生でなければよかったな、と思うのよ。わたしがどう思ったって、余計なお世話かもしれないけれど、でもね、祈るような気持で思いだしたりするの。本当に可哀想だったなって思うの

よ。まかり間違えば、わたしもあの子と同じような境遇になっていたかもしれないなって思うからかしら。わたしの父は下っ端の役人だったの。収入が少ないのに子供が四人もいてね。その上祖父や祖母もいた。貧しさにおいては周りの人達と少しも違わなかった。でもね、うちは武士の家系で、その誇りだけは強かったの。父は子供達をこの貧しさから抜けださせるために、ちゃんと教育しなければならないって、信念みたいなものを持っていたの。それに明治生まれなのに、学問に男も女もないって言い言いする人だった。お蔭で、戦後間もない混乱の時期に、わたしは大学へ行かせてもらった。父はね、うちは貧しいから官立にしかやれない。大学に行きたかったら官立に入れって言ったわ。だから兄妹四人とも、頑張って官立に入ったの。父の思いは子供達にちゃんと伝わっていたから、誰もなまけようなんて思わなかった。そんな風に子供達を教育してくれたのにね、末っ子の妹が大学を卒業して間もなく、父と母は相次いで亡くなってしまった。きっと力尽きたのね。二人ともこれ以上ないくらいの倹約生活を何年も続けて、人生を楽しむことなんて、まったくなかったんじゃないかしら。でもね、二人とも死顔がとても穏やかだったの。自分達がやりとげたことに、満足感があったのかしらね。何も恩返しらしいことができなかった子供としては、そう思いたいのよね。わたしが教師として生きてこられたのは、すべて父と母のお蔭だもの。このごろね、父や母だけじゃなくて、叔父や叔母のこともよく思いだすの。父や母がお金に困っていると、叔父や叔母がそれとなく学費や本代を援助してくれたの。自分達だって決して裕福じゃなかったのにね。身内が大学に行ったのが嬉しかったのかしらね。そういうことを思いだすと、自分がこれまで有形無形にどれだけ人の世話になったかに気づかされてね、粛然とするのよ。それなのにわたしがそんな風に思いだす人達は、もうみんな亡くなっているの。感謝の言葉を伝えようもないのよね」

　由子はそう言って言葉を切ると、

「こんな話、つまらないかしら」

と、言った。

「いいえ、ちっとも。自分の知らない時代や世界の話を伺うのって、おもしろいですもの」

和歌子は答える。本当にそう思っていた。

少しの沈黙のあとで、由子がまた口を開いた。

「人生ってね、今思うと一つ一つの小さな選択の積み重ねなのね。わたしがもし大学に行かなかったら、教師になろうと思わなかったら、主人とは出会っていなかったわ。主人とわたしはね、教員養成大学の先輩後輩だったの。主人は途中で教師には向いていないって言いだして、公務員になったけど。主人はね、教師に向いていないっていうより、本当は自分の時間が欲しかったんじゃないかしら。登山だの旅行だの写真だの、趣味の多い人だったから。公務員なら勤務時間が決まっているし、休みもきちんと取れるでしょ。とにかくね、主人は人生を楽しむのがうまい人だった。お蔭で、堅物だったわたしも、随分楽しませてもらったわ」

夫の話をするとき、由子は何ともいえず柔らかな顔になる。そんな由子を見るのは、和歌子にとっても楽しいことだった。

由子はそのまましばらく庭を眺めていたが、やがてしんみりした口調で言った。

「歳をとって連れあいに死なれるのはね、本当に辛いものよ。この先、立ちなおる力も時間も残されていないもの」

そこで言葉を切ったが、すぐに、

「若くして死なれたら、それはそれでやっぱり辛いことでしょうけどね」

と、付けくわえた。

和歌子は黙って頷いた。どちらも経験していない身としては、双方の心情を想像するしかない。

ふと窓の外を見ると、いつの間にか空気の色が濃くなっていた。目では分からぬほどの細かな雨が降りはじめているようだった。春の初めより緑の深みを増した樹々の葉が、濡れて垂れているように見えた。

こんなとき、自然の風趣を残した由子の庭は、一層の魅力を増す。少しの間そんな庭を眺めたあと、

「綺麗ですねえ」

と、和歌子は言った。

「そうねえ」

由子が応じる。

そしてそのあとすぐに、

「わたしね、このごろもしかしたら自分は、異邦人だったのかもしれないな、なんて思うのよ」

と、言葉を継いだ。

「自分はって言ったけど、自分だけがっていう意味じゃないの。正確に言えば、人は誰でもっていう意味なの。わたし達はみんな、どこか分からないところから来て、やがてまたどこか分からないところへ行くでしょ。そういう意味で、この世はしばらくの滞在を許された異国だったのかな、なんて思うのよ。死ねば肉体も魂も無に帰すって言う人もいるわ。でも、わたしはそうは思わないの。若いころはね、わたしも無に帰すのだろうと考えていたのよ。あの世なんていうのは、この世を去らなければならない人間の恐怖が生みだした、虚妄なんじゃないかって。でもね、わたしが主人を亡くして、自分も死のうと思うほど心が弱っているとき、あの世の存在を信じられるようなできごとがあったのよ。ばかげていると思われるだろうから、具体的なことは言わないけれど、目に見える形で確かにあったのよ。それはね、主人だけじゃなくて、父や母や祖父母が見せてくれたもののような気がしたの。それを見たときね、おまえも早くこちらに来なさいって言われているんじゃなくて、ちゃんと見ていてあげるから、生きつづけなさいって言われているような気がしたの。そういうことがあってね、あの世は確かに存在するんだって思ったとき、この世のほうがかえって異国なのかもしれないって思ったの。でもね、そう思ったからって、死ぬのが恐くなったわけじゃないのよ。それでもね、ちょっぴり楽しみにはなったわね。いろいろな懐かしい人達に会えるなんて、嬉しいじゃないの」

そう語る由子の声に、深刻さはなかった。むしろ淡々としすぎるような声だった。けれどその言葉は静かな励ましとして、和歌子の中に入ってきた。和歌子はボランティアを通して助けられているのは、自分の方だと改めて思った。そんな思いをどう伝えようかと考えていると、

「そろそろ時間かしらね」

と、由子が言った。

和歌子の訪問は一回一時間と決められている。それが訪ねる方にも訪ねられる方にも、適した時間とされていた。それより短かければ物足りないし、長ければ疲れる。

由子は決してその時間を崩さなかった。和歌子の方が時間を忘れていても、由子がきちんと

守る。由子は人に甘えなかった。

和歌子は感心する一方で、少し窮屈な気のすることもあった。

「きょうも、たわいのない一人言のようなことを聞いていただいて、ありがとうございました」

由子が言った。

どんなに訪問の回数を重ねても、由子はきちんとした挨拶を変えることはなかった。

「いいえ、わたしの方こそ、いろいろなお話を伺えて、楽しい思いをいたしました」

和歌子も丁寧に応じる。

自分の思いを自分の言葉で語れる、そんな年長の女性がいることは、大変心強いことだった。

外に出ると、やはり細かな雨が降っていた。うっかりして傘を持ってこなかったと思いながら空を見上げていると、玄関まで送ってきた由子が、

「これを持っていらして」

と言って、明るい花柄の傘を差しだした。

著者略歴

三宅　麗子（みやけ・れいこ）

1949年福島県生まれ

お茶の水女子大学卒業

著書に「実おじさん」「はよ帰られえ」「瑠璃色の空」「いつかどこかで」「暖かな日に」

こぬか雨《あめ》

2021年3月12日初版発行

著　　者　三宅麗子

制作・発売　中央公論事業出版

〒101-0051　東京都千代田区神田神保町1-10-1

電話　03-5244-5723

URL　http://www.chukoji.co.jp/

印刷／藤原印刷・製本／松岳社

ISBN978-4-89514-527-5 C0093

◎定価はカバーに表示してあります。

◎落丁本・乱丁本はお手数ですが小社宛お送りください。
送料小社負担にてお取り替えいたします。